「美人」の条件

Yukari Ishii

石井ゆかり

幻冬舎コミックス

はじめに

私はふだん、おもに星占いの記事を書いて暮らしている。

実は、過去に何度か、星占いとは関係のないエッセイやコラム集などを出させて頂いているのだが、いつも最初の一歩は、ここから始まる。

私は、星占いの記事を書いている人なのだ。

おそらく、本書も書店さんでは、「実用書・占い」の棚に置かれることだろう。


星占いというシステムは、私が考えたわけではない。

そのことは、読者の皆様も、よく知っている。

だから、たとえば天気予報のように、誰が見てもだいたい同じ結果が出るはずだ、と考えられている。

空の星を読むワケなのだから、人によって結果が違うはずがない。

それが、リクツである。

でも、実際は、「読み手」によって、ずいぶん占いのナカミは異なる。

同じ日の同じ星座を占っても、テレビのチャンネルを変えると順位が違ったりするのを、皆さんもご覧になったことがあるだろう。

これは、どういうわけなのか。


星の配置を、人間の生活に即した言葉に「翻訳」する過程で、その「ちがい」が生まれる。英語から日本語に翻訳するような「翻訳」とは、わけが違うのだ。

たとえば、船乗りが雨雲を見たら、あまりうれしくないだろう。一方、日照りに悩む農家の人なら、雨雲が神の恵みに見えるはずだ。

この「たとえ」は、ツッコミどころが満載だなと自分でも思うけれど、ごく乱暴に言うならば、こんなことだろうと思う。

大昔には、引っ越しや恋愛結婚は「よくないこと」であった。あくまで、同じ場所で同じ一族が同じように栄えていくのが好ましかった。子供には親や祖父母の名前をそのままつけたし、結婚相手は親同士で決めたのだ。物事が変化しないで長く長く、千代に八千代に続いていくことこそが、「いいこと」だったわけだ。

それが現代だと、事情はだいぶ違ってくる。

「新天地」「独立」「挑戦」「新しい世界」「冒険」「出会い」などは、みんないい意味で使われる。

変化も移動も、決して悪いことではない。むしろ、成長するために不可欠なことだと見なされる。

昔は「わるいこと」だったのが、今なら「いいこと」なのだ。

「昔の人」と「現代人」の価値観は、そんなふうに、違う。

同じ時代を生きていても、人間の価値観は、ほんとに人それぞれ、千差万別だ。なのに、みんなたいてい「他の人だって、自分と同じように思っているだろう」と想像していて、そうでないことがわかると衝撃を受け、動揺する。

インターネットでは「こう思うのは、私だけでしょうか」「私が間違っているのでしょうか」という相談が至るところにちらばっている。こうした相談が発生するのは、この人たちが「自分とは違う価値観の持ち主」に、ばったり出会ったからである。そこで慌てて、自分と同じ価値観の人を探そうとして、「私がおかしいのでしょうか」という質問が発せられるわけだ。

占いの結果には、占いをする人間の価値観や人生観が、ダイレクトに反映される。同じ星を見ているのに、占いをする人間の価値観の違いが、占いの結果を変える。これが、「占いの結果が、占い師によってちがう」ことの理由の一つだろう。わざと違うふうにしているのではない。価値観や考え方というものは、自然に、否応なく、アウトプットににじみ出てしまうものなのである。

これは占いに限ったことではない。

私たちは、どんなに中立なつもりでも、どんなにプレーンなつもりでも、結局は自分カラーに偏っている。

そして、「自分カラー」は、隠しても隠しても、なぜか、にじみ出てしまうのだ。

普段、私は占いを書いて、そこに価値観を否応なく「にじみ出させられている」。その、占いの部分を取っ払った、私の価値観自体をダイレクトに書いたのが、本書である。

そんなものが本にしてもいいほど面白いのかどうか、自分ではわからないのだが、とにかく、そういうナカミになっている。


掲載媒体がそれぞれ、ファッションや美容関係のメディアだったため、各媒体の編集者さんの要請に従い、全体に「美」をテーマとした文章となった。

「美」を語っていいのは、「美」にこだわり、追求している人だろうと思うが、私はそういう人間ではない。

なのに、「美」。

本書のタイトルからして、いかにも大それている。

ほとんど「釣り」である。


しかし。

もしかすると、「美」のど真ん中にいる人には見えないものが、外側にいる私には見える、ということも、あるのではなかろうか。

そんな仮説を心に抱き、私のごく偏った価値観と「美」というテーマを、火打ち石のように打ち合わせて、出てきた火花が、本書である。

と、こう書くと何かカッコイイようだが、つまりは、私の占いの土台となっている価値観の「ネタバレ」と、あまり得意でない分野に対して外野からあれこれ放った暴言、という、かなり恥ずかしい仕様になっている。

皆さんにどんなふうに楽しんで頂けるのか、こう書いてきて、全くわからなくなってしまったが、とにかく、お楽しみ頂けることを祈るしかない。

読み方のコツとしては、まず本書中ほどの『石井ゆかりの天然パーマ物語』からスタートされることをお勧めする。それから冒頭に戻り、『あかりとり』を読み進められたい。

そして眠れぬ夜、まわりくどいのをちょっとだけ読んで眠くなってすうっと寝たいな、というときに後半『「美人」の条件』を参照されると、カンペキである。

石井ゆかり

Contents

石井ゆかりの天然パーマ物語

「美人」の条件

装丁　山田知子（chichols）
装画　山口達己

あかりとり

『FRaU』2011年7月号〜2012年12月号に連載ほか

No.

01

自分を無視しない方法

このコラムに「あかりとり」というタイトルをつけようと思ったのには、ワケがある。そもそも、このコラムの連載を依頼されたのは、2011年6月号の「恋愛特集」で、恋愛に関する文章（本書の巻末に収録）を書かせて頂いたのがきっかけだった。

恋愛というのは不思議なものだ。学校でもそのやり方は教えてもらえない。親に恋の仕方を教えてもらうことも、少なくとも現代では、ほとんどないだろう。昔は、恋愛は「しない」ことになってたようなフシもある。親が決めた相手に嫁ぐのが常識、というかほとんど親孝行だったのだから、恋愛など入る余地はない。私の祖母は大正三年生まれだが、たまに「私は恋愛結婚ですから」と自慢していた。「自慢」できるほど、恋愛からの結婚は、彼女の世代では先進的なことだったのだ。

恋愛は、誰にも教えてもらえない。

だから、恋に悩んだ生真面目で繊細な女性たちは、積極的に「教えてもらおう」とする。友達や先輩に相談したり、雑誌や本を読んだりする。そこでは、わかったようなわからないような答えが山ほど得られる。その結果、私たちがたどり着くのは、こんな結論だ。「キレイで痩せていれば、好きになってもらえる」「見た目がかわいくて性格が良ければ、モテて幸せになれる」。

こう書くとバカみたいだけれど、実際、そうじゃないだろうか。悲しいけれど、私を含め女性の多くはそれを心のどこかで信じていて、それによって自分を鼓舞したり傷つけたりしている。私たちは生涯、努力して自分以外のものになろうとするか、何もしないで諦めるか、二つに一つを選択し続けなければならないのだ。

もちろんこれは、極論だ。

ムリをせず、ナチュラルにしなやかに生きて、充実した愛を得ている人もたくさんいると思う。

でも、そうじゃない人もとてもたくさんいる。恋愛に限らず、「自分以外のものになろう、ならなくちゃ」と、もがき、あるいは、諦めて傷ついている人がたくさんいる。私自身も、そういう道を歩いてきた気がする。それは、「もっと電灯を、照明を、明るく明るく！」ということに、ちょっと似ている気がする。

私たちが「自分以外のものになろう」と志すと、「自分」は無視されてしまう。無視された「自分」は、密かに様々な反応を示す。ひどいときには不思議な依存症や、人間関係の不具合や、孤独や浪費など、あらゆる不都合が起こるのだが、自分では「なんでそうなったか」がどうしてもわからない。

そんな悲しいスパイラルに落ち込まず、不安定さを抱えながらも、どうにかして私たちは私たち自身と、なんとかうまくやっていけないだろうか？

これは私自身にも、切実なテーマなのだ。

「あかりとり」とは、太陽光をうまく家の中に入れるための窓のことだ。たとえば障子紙なんかも、そういう工夫の一つだ。昼間からぴかぴか照明道具で明るくするのではなく、明るいうちはその明るさを使って明るくしよう、というやり方だ。エコとかそういう意味とは別に、自分自身が、そんなふうに生きていくことは、できないものか。

……などと。

どうも、ワタクシゴトで恐縮です、という感じになってきたが、これ以降、編集部から頂いたお題について、「自分以外のものにならずに済む方法」という「あかりとり」的切り口で、考えてみたいと思います、乞うご期待。

No. 02

自分のための「ステップアップ」

ステップアップは、「向上する」という意味で用いられることが多いようだ。ステップは「歩」で「step up」は英語でも「上がる、昇進する」を意味する。「昇進」を考えるとわかりやすい。主任の上が係長、係長の上が課長、課長の上が部長。名前が変わり、給料が上がり、部下が増えていく。階段を上っていくような感じだ。

ステップアップとは、既に用意されている直線的な階段を、一段一段ひたむきに上っていくことであるらしい。

試しに「ステップアップ」をインターネットで検索してみたら、ある質問サイトで質問者がこう尋ねていた。

「ステップアップとレベルアップの違いを教えて下さい」

これに、回答者が、

「ステップアップとは段階を踏んでレベルアップするという意味です」と応えていた。

これが「模範解答」かどうかはわからないが、ちょっとおもしろい。

では、「レベルアップ」とは何かな？　としつこく調べてみると、ウィキペディアによれば「水準の上昇」を意味する和製英語、なのだそうだ。では「水準」とは何か、とたぐると、「基準」という言葉が表示され、さらに、「基準」とは「行動や判断の拠り所となる物や数値である。何かを比較するときに用いる。規準、水準、標準、尺度ともいう」。

つまり、ステップアップという言葉には、密かに「誰かが用意した階段」と「他人と比較したときのレベル」という毒が仕込まれていることになる。

私は第二次ベビーブーマーなのだが、同世代はこのイメージを幼い頃からガッチリ身につけてきた。悪名高き「偏差値教育」である。私たちは直線的「ステップアップ」に慣れている。だから、キャリアや美容について「ステップアップ」と言われても、大して違和感を感じない。何事も「トップレベル」と「最低レベル」があって、その間は何段階かのレベルで区切られていて、漢字や計算ドリルのように毎日コツコツ努力を積み重ねれば、偉くもキレイにもなれるのだ、と。

確かに努力は素晴らしい。

でも「ステップアップ」には、気をつけなければならないことがある。

それは「上る階段は自分で選ぶ」ことだ。

誰かに選んでもらった階段は、必ずその人を苦しめる。

なぜなら、その人は最後まで、他人に評価されることでしか自分の「レベル＝幸せ」を決められないからだ。

このワナにはまると、仕事も恋愛も結婚も子育ても、みんな「人と比べてどのレベルか」「ステップアップしなくては」になってしまう。人と比べてしか決まらない人生は、かなり、辛い。どんなことでも、上には上がいるからだ。

階段は、本当は、いくらでも変えられる。上るのをやめて外の世界に出て、地べたを歩くこともできる。人に追い抜かれても、いつか気がつけば別な階段を上っているかもしれない。階段は道具であって、目的ではない。

人生の駆け出しの頃は誰かが作った階段を上っていても、あるところで自ら階段を生み出そうとする人たちがいる。階段をイメージし、まず一段作り、それを上って、また次の段を作って、さらに上る。そうやって階段を作りながら上っていった先に、いつか描いた通りの夢を見つける人もいれば、想像もしなかった場所にたどり着いている人もいる。

たぶん誰もが、ある人生の段階に達すると、そうやって、自分の階段を作り始めるのだと思う。

なぜなら、どこかで「その先の階段」を用意してくれる人がいなくなるからだ。自分で自分のために作った階段は、もはや、誰かと自分を比べるための道具ではなくて、過去の自分と今の自分をつなぐ、架け橋のようなものになっている。そういうふうに生きている人生の先輩を時々、見かけると、安心して希望が持てる気がする。

No.

03

「甘える」ということ

頂いたお題は「甘える」。

「甘えたくない」「甘える人が嫌い」など、よく耳にするフレーズだ。

そもそも「甘える」とは、どういうことか。前回と同じく、まずは辞書で引いてみた。

（1）かわいがってもらおうとして、まとわりついたり物をねだったりする。甘ったれる。

（2）相手の好意に遠慮なくよりかかる。また、慣れ親しんでわがままに振る舞う。甘ったれる。

「かわいがってもらおうとして」とか「相手の好意に」とか、つまり「甘える」とは、「相手が自分を好きだと思う気持ち」が軸となっている言葉なのだ。

相手が自分を好きだと思う気持ち。

「甘えない」は、それを拒否する態度だということになる。

誰もが「愛されたい」「好かれたい」と思っているのに、「甘えたくない」なんて、考えてみれば、ちょっと奇妙なことだ。

でも、私自身「甘えたくない」と感じてしまう。

それは、なぜだろう。

私の場合は、「相手が自分を好きだと思っている」と信じること自体が、怖いのだ。人の心は変わりやすく、好意を失うのは痛手だ。失って傷つくようなものを信じることは恐怖なのだ。

人が自分に何かしてくれるのは「打算」だと考える人もいる。一方的に何かしてもらうのは、目に見えない借金を背負うようなもので、相手よりも立場が悪くなってしまう、と考える人もいる。

また、相手を頼るとしても、どのラインを越えると「ワガママ」になるのかがわからない、という人もいる。

確かに、他人に限りなくあれこれ要求する人がたまにいる。それをアタリマエだと思っていたり、「頼んだのは簡単なことだ。迷惑はかけなかった」と考えていたりする。そんな人間になりたくない、というのは当然の感性で、美意識だ。

でも、その一方で、きちんと甘えることができる人もいる。相手の好意を自然に受け取って、周囲を幸せにできる人がいる。

人間として自立していなければ、ちゃんと甘えることは難しい。

自立している、ということは、誰にも頼らない、ということではない。むしろ、いろいろなものに少しずつ頼っている。頼っていると、自覚している。さらに、もし頼っているものの一部が突然失われても、それでばったり倒れてしまったりしない、ということこそが、自立しているということなのだ。

もちろん、頼るものが失われれば、バランスを崩して一時的にぐらぐらはするだろうが、やがて自分の力で立て直し、また新たにいくつか頼れるものを見つけて生きていける。それが、自立だ。何にもつかまらずに立っていることが自立、ではないのだ。もとより、誰にも頼らない人などいない。「私は誰にも甘えていない」と主張する人ほど、自分の子供や恋人や、身近な人々に、目に見えない負担をかけている。経済的に自立していても、人間的に自立できていない人は多い。

一方「依存」は、たった一つのものにつかまってしまうことを言う。それが突然消えたら、強烈なダメージを受け、もはや自分で立て直すことができない。

本当の意味で「甘える」とは、相手の好意を率直に受け止める、ということで、それは「愛される」ことに重なる。なのに「愛されたい」と口にする人の多くが、なぜか、「甘えない」と、他者の好意を拒否したり拒絶したりしている。あるいはたった一つの好意に自分の全重量をかけることだけを願い、それ以外の小さな好意や愛を無視する傾向がある。

たとえば、自分が一生懸命握ったたくさんのおにぎりを「皆さん食べて下さい」と差し出したとき、誰もが遠慮して「結構です、甘えません」と言ったら、どんな気持ちになるだろうか。

たぶん、とても悲しくて、深く傷ついてしまうだろう。

もし、そのおにぎりを、「おいしい！　もっとちょうだい！」と、たくさん食べてくれる人がいたら、とてもうれしいだろう。「甘え」はそんなふうに、相手を幸福にすることがある。

No. 04

「愛され体質」の謎

お題は「愛され体質」。

女性誌ではおなじみのフレーズらしい。この言葉には、能動性はない。「愛され」自体が「○○される」という受動態であり、さらに「体質」は不可抗力的なものだ。たとえば「太りやすい体質」「風邪を引きやすい体質」など、持って生まれたものであって、たいてい、自分ではどうにもならない。

「体質」は最初から「こういう体質になろう！」と意識して作るものではない。「体質に恵まれる」か、「恵まれない」か、しかない。大人になれば自分の体質に問題を感じ「体質改善」を始めたりするが、元々そんなことしなくても、運良く恵まれた体質を持っている人々というのがちゃんといて、その人たちは自分たちが恵まれた体質であるということに気づいてさえいなかったりする。

「愛され体質」という言葉が見出しとなるとき、そこには発信者側の、こんなメッセージが込められている。

「愛されるというのは一つの普遍的な現象で、ある条件を備えた人なら誰でも愛されることができる。それがないのは運が悪かったからで貴方のせいではないし、今からでもその魔法のような条件＝体質をがんばって『身につけ』さえすれば、愛されるようになる。そして、愛されれば幸せになれる」。

そして読者はさらに、こんな無言の命題も突きつけられる。

「さあ、貴方は愛され体質かな？　そうじゃないかな？」

「愛され体質」というものが世の中にある、と言われた時点で、こんな世界が広がる。すなわち、その体質でない人間は愛されない。たとえ今、誰かが自分を愛してくれていたとしても、元々「愛され体質」でないならば、たまたま誤解か勘違いによって愛されているだけであって、この愛が失われた場合、次を探すのは難しいだろう。もし自分が「愛され体質」ならば、今の恋人が去ってもまた自然に愛してくれる人が現れるのだから安心だ。「体質改善」できるものなら、今恋人がいる、いないにかかわらず、しておこう！

「愛され体質」というのは、「自分は愛されているだろうか？」「これからも愛されるだろうか？」という強い不安や悲しみに働きかける言葉だ。その人たちの不安や悲しみを「そもそも絶対的に愛されやすい人がいる、そういう体質がある」という話でくすぐり、憧れや羨望や焦りや不安を喚起する。一見、自己啓発的で希望に満ちた言葉が並んでいながら、そこには大きくて深い溝が掘られている。つまり「愛される人とそうじゃない人がいる」「貴方はどっち側の人間ですか？」という、その区別だ。

なんだか、書いていてものすごく悲しくなってきた。愛ってそんなふうに、着脱可能なものなのか。人間は誰でも、生まれてからずっと、自分の心に自分自身の物語を紡いでいく。愛もその物語の一環で、決して固定的で安定的な「身につけうる特徴」などではないはずだ。

「愛されたい」。多くの人の心にこの願いがある。その願いはいかにも切実で痛烈なので、その願いを叶えてあげたい、救いたい、と考える「第三者」もたくさんいる。

しかし、愛というのは、不思議なものだ。ビジネスや勉強は「がんばれば結果が出る」が、愛はどうも、そうではない。ロゴス（論理）の世界とエロス（愛）の世界は、全く別の構造でできている。ビジネスでも勉強でも、人間社会のたいていの問題はロゴスでカタがつくが、愛や心の問題は、最終的にはロゴスによって傷ついてしまうことが多い。それに気づかずに、「愛されたい」という願いに対して「どう努力すれば愛されるか」という解答を、数学の問題のように論理的に導き出して啓蒙しようとする活動が、幾多の「善意」によって、絶え間なく行われている。

でも。

たとえば、貴方にとって一番大切な恋を思い出してみてほしい。現実に発生する愛は、そんな現世利益的なリクツの投網《とあみ》を、見事にするりとすり抜けていったんじゃないだろうか。

No. 05
魅力の条件

今回のお題は「魅力の条件」。

編集部からのコメントでは、

「人にはそれぞれの魅力があるなんて言いますが、やっぱり魅力の絶対量が多い気がする人と、足りないというか少なそうな人というレッテルを貼られやすい人が、いるような気がするのですが……」

とのことだった。


魅力。

魅力の「魅」という文字は、鬼という文字と未という文字の組み合わせだ。

漢和辞典によると「鬼」は「グロテスクな頭部を持つ人の象形で、たましいの意味を表す」とある。

死者の魂、幽霊、亡霊というのが元々の意味である。

一方、「未」のほうは、「はっきりしない」という意味だ。

ハッキリしない亡霊。

魅力とは元々、よくわからない、ちょっと怖いようなものであるらしい。

確かに、「あれっ、この人、よくわからないな」とか「意外、そんな面があったのか！」など、不可解さや驚きを感じたとき、相手をじっと見つめたくなる。

手品のように「どうやっているのかわからない」という事態が、それを見る人を惹きつけ、やがて夢中にさせるわけだ。

魅力というのはたぶん「全部は見えていない」「手に入らない」「手が届かない」「はっきりわからない」というところに生まれる力なのではないだろうか。

であるならば、魅力をつくるのは、結構簡単かもしれない。

つまり、「わからないところ」を、つくり出せばいいのである。

「謎」「不思議さ」「わかりにくさ」を生み出せばいいのだ。

「わかりやすさ」「前向きさ」「明るさ」などがもてはやされる昨今だが、その正反対の方角に向かって行けばいいのだ。


たとえば、何か一つのテーマを深くつっこんで勉強したり考えたりしてみる。「専門分野」は、それ自体一つのわかりにくい謎みたいなものである。「あの人は船を操縦できるらしい」「あの人は数学が得意らしいよ」「あの人はスパイスの専門家なんだって」などというのは、知性への尊敬と同時に「へえ、なんでそうなったんだろう？」「それってどんな世界なんだろう？」という想像をかき立てる。

あるいは、ファッションやメイクなどについて、自分だけのやり方を考案してみる。「ここはかならず赤い色を入れよう」など、自分だけの流儀をつくると、それは「なんであしてるんだろう？」という謎につながる。

誰にも絶対に話さない秘密をつくるとか、誰にも何をしているか教えずに、一人だけで過ごす時間を確保するとか、そんなことをやってみるのである。

誰も読まないような本を読んだり、誰もやらなさそうなことを習ったり、誰も行かないような場所に行ったりするのである。新しい思想や理想を自前で創ろうとしてみるのである。流行やトレンドから、全速力で遠ざかってみるのである。

そうした謎や秘密を抱えたまま、何食わぬ顔で、日常生活を送る。

そのとき、貴方には「得体の知れなさ」が、くっついている。

「なんだかワカンナイから、もっと知りたい」と感じさせる、ミステリアスな空気をまとった人になっている。

「今しか手に入りません」

「この商品には特別なオプションがついていて……」

「これ、ちょっと普通の○○とは違うんですよ」

などのうたい文句に、人は弱い。

「これしかない」というものは、強い魅力を発する。

そこには魔法がかかっているのである。その魔法に、人は陶酔する。

それが魅力なのである。たぶん。

「私っておかしいのかしら」

「普通の幸せが欲しい」

「みんなと同じになりたい」

などと思ってしまっている状態では、その人は、わかりやすすぎるのだ。

人を引きつける魔力としての「魅力」から、完全に遠ざかってしまっている。


魅力の「魅」に含まれる「未」は、「よくわからない」という意味の字である。

見えている部分は「人間の個性」の氷山の一角で、その下に、「よくわからない、見えない部分」がある。

たとえば「過去のことについては、絶対に一切話さないようにする」だけでも、ミステリアスな自分になれる。たとえごくごく平凡な経歴だったとしても、それが隠されているというだけで、「謎」が生まれる。

「あの人、自分のことは何も話さないよね！」「何があるんだろう？」と、人の関心を引き寄せる。それが、「魅力」のかけらになる。


物理的な美しさと「魅力」がほとんど関係ないのは、超のつく人気アイドルが決して「正当派美人」ではないことを見ればよくわかる。

造作の立派に整った、絵に描いたような美形より、ちょっと欠点があるような顔立ちの、ミステリアスな人が人気を博す。「あの人をもう一度見てみたい」という欲望を刺激する。

たぶんそれは、「一見しただけでは、よくわからないから」なのだろう。

自分のことなら自分でよく知っているのだから、自分の「魅力」は、わからない。ハッキリ言って「女だ」というだけでも、男性から見れば不可解であり、従って、魅力的だったりするわけだ。

口説き文句の一つに「あなたのことを、もっと知りたいです」というのがある。相手のことがわからない、わからないからこそ、妙に気になる。だからこそ、もっと知りたい。推理小説の先を読み進めるように、知れば知るほど、先が知りたい。

推理小説が、最初のページで犯人もトリックも全部わかるようなものだったら、つまらないだろう。もとい、最初のページで犯人もトリックも全部わかってしまうのに、なおも先が読みたくてたまらなくなる！といった推理小説（それはもう推理小説ではないかもしれないが）があったら、それはすばらしい価値があるだろう。

魅力とは「簡単にはわからせない力」なのだ。

であれば「私のこと全部わかってほしい」と思ってしまったら、その瞬間に魅力は少し、薄まってしまうのかもしれない。

「いったい、お前に私の何がわかる！」くらいの反骨精神があれば、そこには既に、一つの魅力が生まれている、はずである。たぶん。

NO. 06 ユーモア精神

お題は「ユーモア精神」。

ユーモア、という言葉はよく使う。例によって辞書で調べてみると「人の心を和ませるようなおかしみ。上品で、笑いを誘うしゃれ。諧謔《かいぎゃく》」と出てきた。ユーモアは「笑い」だ。さらに、単に笑えれば良いのではなく「上品」とついている。たぶん、それによって誰も不快な思いをしたり、傷ついたりしない、ということなのだろう。

東日本大震災のとき、「不謹慎」という言葉をいろんなところで目にした。さらに「自粛」という言葉も、ニュースに頻出していた。重大なことが起こったのだから、笑ったり楽しんだりしてはいけない。みんなでその「重大さ」の前で沈黙しなければ、被害を被った人を軽んじ傷つけることになるかもしれないではないか。そんな空気が、主に被災地以外の場所に流れた。

その一方で、「ユーモア」も厳然と存在した。

私は震災直後から、インターネットで雑多な情報を集めて、ブログにまとめていた。ツイッターなどに流れる情報をキャッチできない人も多いようだったので、いわば、ネットのライトユーザ向けに、役に立ちそうな情報やおもしろい情報を拾っていったのだ。

そこには、たくさんのユーモアがあった。

トイレットペーパーの買い占めのニュースを見た幼稚園児の女の子が「地震がきたら、うんこがいっぱいでるん？」とパパに聞いた。

茨城のローカルヒーロー、イバライガーは「その格好で」救援物資を運んだり家の片付けを手伝ってくれたりした。これを迎えた被災地の人々は驚いたり笑ったりし、その後、感謝したそうだ。

歌手の松山千春氏が言ったといわれるこの一文。「知恵がある奴は知恵を出そう、力がある奴は力を出そう、金がある奴は金を出そう、自分は何にも出せないよっ……っていう奴は元気出せ！」。

ずっとダジャレとともにちょっと泣かせる話を（いや、主にダジャレを）流し続けた、デーブ・スペクター氏。「故郷を離れざるを得なかった方が放射能がうつるなど差別されていると聞くと本当に悲しくなります。『優しい』とは『人が憂える』と書くことを忘れないで下さい。アメリカ生まれの金髪先生より」。

3月14日の東京のどこかでのこと。電車のダイヤが乱れたせいで、苛立ってドアを蹴ったりしがみついたりした人がいたとき、駅員さんのアナウンス「電車からお離れ下さい。電車は強いです。戦っても勝てません」。

挙げていけばきりがない（もっと読みたい方は私のブログ「石井ＮＰ日記」を探してみて下さい）。

笑いには、自律神経を刺激し、副交感神経を活性化し、人をリラックスさせる効果があるのだそうだ。大きな災害やトラブルに見舞われると、私たちは緊張し、緊張が持続してしまう。笑いには、これをやわらげる力があるらしい。

でも、辛いとき、不安なときに、誰も傷つけたり不快にしたりしない「笑い」を提供するなんて、ほんとに難しいことだ。災害でなくとも、個人的な問題が起こって、強いストレスを感じているようなとき、その緊張をふと緩めるようなユーモアを発揮することは、非常に高度な知性と精神力の作用だという気がする。避難所に移動するバスの中に、元バスガイドの女性がいて、昔取った杵柄《きねづか》でおおいに喋りまくり、その語りは綾小路きみまろ顔負けにおもしろく、車内は爆笑の連続になった、という話もあった。

以前、「苦労を不幸に変えない方法」を考えたことがある。「苦労」と「不幸」は別物だと思ったからだ。あれもダメこれもダメ、と苦労を頭の中に集めて積み上げないこと。人と自分を比べたり、過去と現在を比べたりしないこと。楽しむことや喜ぶことを過度に自分に禁止しないこと。ネコを見て、怠けることも肯定すること。そして、追い詰められた気持ちのときほど、ちょっとしたおかしさを笑うこと。

ユーモアは、どんな状況下でも、自分の心を自分のものとして生きる意志であり、知恵なんじゃないかという気がする。

No. 07 よりどころ

頂いたお題は「よりどころ」。

例によって辞書を引いてみると、「頼みとするところ。支えてくれるもの。」（大辞泉）と出てきた。

これを読んだだけで、なんだか不安になってくる。

というのも、何かを頼みとしたり、支えと思ったりした瞬間に、「それが失われたらどうしよう！」という不安が襲ってくるのである。私は生来、ものすごく臆病だ。だから、何かに頼る、と想像しただけで、まるで、ベランダでもたれかかった手すりが、体重をかけた瞬間に崩れ去るような恐怖を感じてしまうのだ。

では、私は何も「よりどころ」を持たずに生きてきたかというと、たぶん、そうではない。子供のときには衣食住をくれる親が「生活のよりどころ」だったと言える。自分で働いて食べているときには、自分の健康がよりどころになっている。恋愛して誰かとつきあったときには、相手が心のよりどころとなっていただろう。

でも、私が子供の頃、両親は離婚したし、健康もいつ損なわれるかわからない。恋愛に至っては、相手がいつ心変わりするかなんて、知れたものではない。

人間がよりどころとしているたいていのものは、脆《もろ》く儚《はかな》い。財産や土地であっても、大災害が起こったらどうなるか、誰かに裏切られたらどうなるか、などと考えると、とてもじゃないが、「絶対に大丈夫」なんて言えないような気がする。

頼みとするところ。支えてくれるもの。人はこうしたものに、無意識に囲まれて生きていて、それに気づいていない。「私は何にも頼ってません」と言う人がいるが、そうできるのは自分の健康に頼っているからで、事故や病気でそれが失われれば、今度はきっと他のものに頼らなければならない。それができないときは、文字通り「生きていけない」わけで、自ら死を選ぶ人もいる。

自分を支えてくれているものの大切さや儚さ、脆さに、私たちは普段はほとんど気づかない。大切な人を失ったとき、生活手段を奪われたとき、人はそれらがいかに自分を支えていたかに初めて気づくのだ。そして、うちひしがれて、しばらく動けなくなってしまったりする。

それでも、他の力に支えられて、時間をかけて、もがきまわって、いつかやっと、どうにか立ち上がる。

「心のよりどころとなるパートナーが欲しい」と言う人がたくさんいる。なのに、その世界に一歩踏み込んだとき、「それが手に入らなかったらどうしよう」「それを失ったらどうしよう」という恐怖を無意識に感じ、すぐに身を引いてしまう人も少なくないのだ。よりどころを得ることは、いつかよりどころを失うことを意味している。だから、恐ろしいのだ。

でも、「よりどころ」を失っても、私たちはたぶん、立ち上がれるのだ。あるたった一つのよりどころがあって、それさえあれば生きていけるし、それがなくなったら死ぬしかない、というのは、よりどころではなくて、「依存」に近いもののような気がする。

挫折したことのある人間は強い、とはよく言われる。「挫折」はたぶん、よりどころを喪失した状態なんだと思う。よりどころを持たない人が安全で強い、のではない。ちゃんと自らよりどころを持ち、それを失ったときに、思いっきり挫折しながらも、いつか、なんとかもがいて立ち上がる勇気、あるいはそういう記憶を持っている人が、本当に強い人、なんじゃないだろうか。

さらに言えば、人が本当に幸せだと感じるのは、きっと「よりどころとなるパートナーを得た」ときじゃなく、自分自身が誰かの「よりどころ」となれたときなんじゃないかと思う。それは、前述のごとく、自分を縛るような不当な依存ではなく、失ったときの挫折の苦しみ、そして復活まで内包している、まっすぐで力強い「頼み」なのだと思うのだ。

NO. 08

時間と私

今回頂いたお題は「時間と私」である。

「時間」は、少なくとも現代では、純然たる「数量」として扱われている。時給を計算したり、遅刻にはペナルティが科せられたりする。早く仕事や任せられたことを仕上げると効率的で有能、とされる。

経営学の父とも言われるF・W・テイラーは、ストップウォッチを持って工場を回り、作業員の一つ一つの作業にどのくらいの時間がかかるか、計測して回った。これが、現代の経営管理や生産管理といった考え方につながっていったそうだ。

ベンジャミン・フランクリンが「タイム・イズ・マネー」と言ったのはそれよりも昔だけれど、たぶん、現代のように「数量の時間」に私たちが追いかけられ、少ない時間でより多くのことをする人ほど「価値がある、有能である」ということになったのは、割と最近のことなのじゃないだろうか。

一方、私たちは「数量」ではない時間も体験している。

たとえば、私の「執筆」という仕事は、大変奇妙だ。同じ時間があれば同じ文字数が必ず書けるかというと、決してそうではない。10ページ以上ある特集記事を一日で書けてしまうこともあれば、たった一ページのコラムを書こうとして、どうしてか一文字も書けずに終わる日もある。

締切という、カレンダーに刻まれた「数量」としての時間と、実際にその文章がすらすら書けるタイミングとは、なかなか一致しない。計画通りに書けないときは自分の怠慢を責めてしまうが、それでも、どうしても、書けるときは書けるし、書けないときは書けないのだ。苦しい。

古くから、時間には二種類あると言われている。

一つは、ストップウォッチで計れるような数量の時間だ。これを「クロノス」と言う。私たちが日ごろ追いかけられ、追い詰められているのはこの「クロノス」のほうである。

もう一つの時間が「カイロス」だ。これは「突然出会う」時間だ。会いたかった人に偶然出くわすとか、ずっと誰も連絡してこなかったのにいきなり同時に何人もの人から声がかかるとか、そんな「なんで今？」という体験を、誰もが経験したことがあると思う。

相撲の立ち合いを見ていると、現在では「制限時間いっぱい」というタイムリミットがある。しかし、テレビやラジオの中継が始まる前は「制限時間」などは存在しなかったそうだ。相撲は元々、神様の前で行う「神事」であり、力士と力士のタイミングが嚙み合うのも、人間の世界の時間では計れなかったのだ。

私たちは、計画通りにことが運ばなかったり、少しでも時間に遅れたりすると、苛立ったり自他を責めたりしてしまう。体調を崩して休みを取ったことを「悪」と考えてしまうことすらある。ある年齢までに結婚しなければ落伍者だと思い込んだり、浪人や留年を恥だと考えたりする。

これらはすべて時計で計れる時間、「クロノス」の世界である。

しかし、私はこう思うのだ。

人生で本当に大切なことは、「カイロス」の世界で起こるのではないだろうか。「カイロス」は、時計では計れない、自分だけの時間だ。世間一般がどうしようが、自分の人生の、あるべき時点であるべきことがあるべきように起こる、それが「カイロス」だ。

もちろん、「カイロス」のタイミングには、ただじっと待っていても出会えない。私たちが迷い苦しみながらも一歩一歩、進んでいくと、その先に、カイロスが思いがけない場所で待っている。あくまで自分の足で歩いていった先で、私たちは突然カイロスに出会い、「奇跡的だ！」「運命だ！」と驚くのだ。

もちろん、そんな「カイロス」の時間は、科学的に証明されているわけではない。でも、私たちは日常的になんとなく、そんな時間が存在するのを直観しながら生きている。待っていたとき来なかったタクシーが、歩き出した瞬間に現れたりするのを体験しながら生きている。

この直観や体験を、科学とクロノスで否定するのはたやすい。

ただ、私は思うのだ。クロノスという、人生の流れをムリヤリ切り分ける刃物のような時間ばかりを見つめていると、人生がバラバラに分解してしまうのではないか、と。

NO. 09 恋人がいない

お題は「恋人がいない」。

編集部からはこんなコメントが添えられていた。

「30代で結婚しておらず、恋人もいないと、なんというか肩身が狭いというか、人生の落伍者みたいな気持ちになってきます。『韓流やアイドルでいい』と突き抜けている人もいますが、老後のことも心配です。とはいえ、恋人がいるから老後は安泰っていうわけでもないのではありますが」。

恋人、パートナー。

このことは、占いをしていても、様々な文章を書くにあたっても、とにかく大問題なのである。こんな短い稿で、この問題を解決するなんてとてもじゃないけど無理だ。

この問題が厄介なのは、本来プライベートな感情であるはずの「恋」や「愛」に、他人の意見や他人の目というものが複雑に絡んでくるという点である。自分だけのものであるはずの恋愛が、いつの間にか「恋人がいないのは恥ずかしい」「親や上司に結婚をうるさく勧められる」などのように、他人が関与してくるテーマとなる。ゆえに、恋がしたいのか、周囲を黙らせたいのか、わからなくなってくるのだ。


女性は古い時代には、家畜や財産と同じような扱いを受けていた。今もそこから完全に離脱しきっていないところがある。結納はつまり、娘を受け取るための「対価」みたいなところがあるし、婚礼衣装はギフトのラッピングみたいなところがある。どんなに文化的な言葉で取り繕ってみても、女性が一族の「財」であったということは、まだ完全には消えていない事実だという気がする。

「商品」として価値があるかどうか、ということが、まだまだ女性のプライドに、深く根を張っているのだろう。未婚の男性は、少なからず「自分の意思でそうしているのだろう」と想像してもらえる。でも、未婚の女性は、「もらい手がなかったのだろう」＝「買い手がつかなかったのだろう」という受け取られ方をされる。

このことの痛烈さは、一人の人間であるはずの女性の心を、今も傷つけ続けている。資本主義社会は、このような、人が「もの」として扱われるような状況を解消してくれるどころか、むしろ積極的に作り替えつつ促進しているような面がある。美しい女性の「モノ」性は、強力な市場を生み出している。

もちろん、「結婚を心配している、善意の（つもりの）周囲の人々」は、その女性をモノ扱いしているなどという意識は一切ない。でも、意識していようがいまいが、構造は変わらない。

高校時代、生物の授業で、私たちは細胞について勉強した。

単細胞生物は分裂して増えていく。そんな単細胞生物たちが集まってできたのが、我々のような多細胞生物だ。私たち自身も、一人一人が一つの細胞であるかのように、寄り集まって「社会」を形成し、その中に暮らしている。

一方、「生殖」は、細胞同士が融合してしまう現象だ。融合するだけでなく、そこから激しい細胞分裂が発生する。映像などで見たことがある人も多いと思うが、この変化はまさに劇的である。

聞けば、単細胞生物の中には、普段は単体で細胞分裂を繰り返して増えていくのだが、その中にふと、二つの単細胞生物が出会い、くっつき、融合して、しばらくお互いのナカミを混ぜ合った後、何事もなかったように「分裂」し、右と左に分かれていくものがあるという。これは最もプリミティブな「セックス」だという説がある。

私たちは巨大な多細胞生物として、お互いに寄り集まって社会を形成している。でも、その一方で時々、劇的な出会いが発生し、一瞬のうちに細胞を混ぜ合わせ、それがやがて分裂して、また互いに一個の細胞として、広大な多細胞生物の群れの中に緩やかなつながりを持ちながら生活している。

そういうふうに考えると、なんとなく「恋人が!・」とか「パートナーが!」とかいう切迫感から解放された気分になる。

細胞の融合がある、その一方で、決して融合せずに多細胞生物としてまとまって暮らしている、私たち。このイメージを思い浮かべると、セックスも、社会に生きていることも、そんなに必然なことでもなければ、そんなに特別なことでもないのだ、という気がして、少なくとも私は、ちょっとラクになれる気がするのだ。

No.

10

〝どろぬま〟の恋

頂いたお題は「〝どろぬま〟の恋」。

恋は十人十色、100人いれば100通りの恋がある。その中には、抜け出したいのに抜け出せない、別れればいいのに別れられない、そういう恋が結構ある。「泥沼」と称されるのは、沼にはまって抜け出せない、もがけばもがくほど沈んでしまう、というようなイメージによるのだろう。

とはいえ、恋とはそもそも「自分で自分が思い通りにならない」という現象だから、どの恋もある意味「どろぬま」と言えないこともない。

人間は、自分の意志で自分を動かせると信じている。でも、実際、意志の力でどうにかできているとなど、どのくらいあるのだろう。心臓や胃腸を思い通りに動かしている人はいない。食欲や睡眠欲はもちろん、くしゃみやしゃっくりやげっぷやおなら、かゆみやいたみなど、体の動きのほとんどは思い通りにならない。恋愛感情もその一つで、特に、手に入りそうで手に入らないものを追いかけているときの熱情というのは、「自分」を完全に支配し、コントロール不能にしてしまう。

どろぬまの恋をしている人はたいてい、「相手が思い通りになってくれない」と感じているが、実は、思い通りになっていないのは、自分自身のほうなのである。

「どろぬまの恋」というフレーズで、最初に浮かんだのはギリシャ神話、「王女メディア」のお話である。

コルキス王の娘メディアは、魔法が使える娘で、英雄イアソンに恋をすると、魔法で彼を助けて王位を勝ち取らせようとする。彼女は弟を殺してばらばらにしたり、敵の娘を欺いて、その父親を釜で煮殺させたりと、手段を選ばず彼のために尽くした。だがイアソンはそんな彼女を恐れ、他の女性と婚約してメディアを裏切った。当然メディアは怒りに駆られ、婚礼衣装に魔法をかけて、相手の女を焼き殺してしまうのだった。

悲しくもすさまじい話だが、恋をする女性にとってこの話は、ナマなリアリティがあるだろう。彼の心を自分のものにするために、他のことが何も見えなくなってしまうのである。交換条件を提示したり、敵を消したり、あらゆる外側からの手段で彼の心を変えようとするけれど、彼はどんどん遠ざかり、自分は人生の落とし穴から抜け出せず、大切だったすべてのものを失ってしまう。

そんな恋はやめたほうがいい、と周囲からも言われ、自分でもそう考えていても、その恋から抜け出せない。いい加減な相手、パートナーを裏切って自分とつきあう相手、自分の気持ちを受け止める気のない相手、そういう相手にのめり込んで、なんとかその人の心を自分のものにしたいという、焦げつくような気持ちは、その穴に落ちた人間でなければわからない。

たぶん、そうした恋は、もうどうしようもなく「その恋を徹底的に生きてみる」ことでしか、解決できないのかもしれない。心理学者の河合隼雄氏はその著作の中でしばしば、「それを生きてみる」という言葉を使う。どろぬまの恋をしている人は「これは正しい状態ではない、本当の人生ではない」という感覚を持っているが、そのどろぬまも、まさにその人の生きている人生の一部なのだ。「それを生きてみる」ところから、「その先」の道が見つかる。そして、それを「生きる」ことは、正解を知るとか、魔法での解決法を探すとか、そういうこととは全く別のことだ。自分で、まさに「生きてみる」しかないし、万人に当てはまる正解などはない。

でも、その恋を生きる中で、どうにかしてつかみ出さなければならないこともあると思う。それは、自分の中の何が、これほどまでにその人間にしがみつかせているのか、ということだ。相手の魅力が自分に磁力のように作用しているというわけではないのである。一説によれば、王女メディアの恋も、他の女神が彼女に吹き込んだ「偽りの恋」だという。

「どろぬまの恋」をしている人は、「その相手でなければどうしても満足できない」と考えている。でも、実は、泥沼が泥沼であればあるほど、相手は代替可能である場合が多い。なぜなら、その恋は自分の中にある何らかのしくみが生み出した、幻影である可能性が高いからだ。幻影が自分由来のものであればあるほど、その恋は自分を激しく縛りつける。

どろぬまの恋を生きる道は、強烈な自分の核を探す道であり、決して相手を最終的に焼き殺すための道ではないのだと思う。そして、その道を生ききった人は、自分でも思いがけない出口にたどり着き、誰もが欲しがる、人としての魅力や強さを、いつか手にすることになるのだと思う。

No. II

旅のちから

頂いたお題は「旅」。

漢和辞典によれば、この「旅」という文字は、実は「たくさんの人が軍旗をおしたてて進む」という様子からできているらしい。元々は「戦にゆく」「遠征する」ということなのだ。

何かの本で読んだのだが、昔の庶民は本当に行動範囲が狭かったらしい。パリに生まれて生涯を過ごしたけれども、ついに一度もセーヌ川を渡ったことがなかった、という人が結構普通だったそうである。今でこそ、交通機関が発達して、海外でもバンバン行けるようになったわけだが、昔はかなり小さな生活空間から一歩も出ずに一生を終える人がマジョリティだったのだろう。

そも、旅には危険がつきものだ。お腹を下す危険から物取りに遭う危険、事故に遭う危険、遭難する危険など、今でも旅は、気をつけないと大変な目に遭う。気をつけていても大変な目に遭うこともある。そんな危険な場所に行くのは、それこそ「戦争」か、あるいは野心を持っての「隊商」くらいしかありえなかったとしても不思議ではない。

日本の江戸時代には「物見遊山」の言葉通り、たくさんの人が遠くまで足を延ばしたらしいが、旅立ちには別れの杯を交わし、家族の面倒を友達に頼み、わざわざ日本橋や品川あたりまで見送りについてくることもあったそうだ。「万が一」がそれほど「万が一」でもなかったわけだ。

私は非常に臆病な人間なので、旅行をイメージするとまず、危険をどう回避するかを考えてしまう。置き引きやスリに遭ったらどうしよう、という基本的な問題から、壁が薄くて隣の部屋に青春真っ盛りのカップルが入ったらどうしよう、という些細なことまで、限りなくいろいろなことが心配になってしまう。そのため、20代前半までは、あまり旅行したことがなかった。

旅をして初めてわかったのは、現代でも「誰もが旅に出られるわけではない」ということである。初めての海外一人旅でベトナムに行って、ガイドさんや店員さんなどと話をするうち、それがわかった。物価が違う。為替レートが違う。国力が違う。だから、決して高収入でもなんでもない私が、ベトナムにすっと行けてしまう。でも、逆は非常に難しい。大卒で、英語も日本語も堪能な現地ガイドの女性は私と同じ年齢だったが、収入を聞いたら、彼女が「すっと日本に来る」なんて、とてもムリだった。

そのことがわかってから二、三年は、馬鹿の一つ覚えのように旅行をした。と言っても、私は前述の通り超臆病なので、一度行ったところに二度、三度と繰り返し行き、さらに、同じ場所にじっととどまってひたすら散歩し続けるという旅行の仕方だった。普通なら「ベトナムに一週間行きます、ハノイとホイアンとホーチミンを回って、カンボジアにもちょっと寄ってきます!」みたいになると思うのだが、私は「一年に一週間ずつ三回ホーチミン」とか「三週間べったりマニラ」とか、そんな旅ばかりしていた。

そうやって旅に出ると、切ないほど孤独になる。そして、たくさんの想念が浮かぶ。

辛かった恋を思い出したり、やりたい仕事について自分会議を延々繰り広げたりする。そんな想念の世界から、ボッタクリのシクロや突然のスコールなどによりしばしば引きずり出される。意識がとぎすまされ、クリアになり、夢見るときも覚醒しているときも、すべての時間が自分のものになる。

たぶん、人間は、時間を誰か他人のために使っているときのほうが、安心もできるし、充実感もあるのではないだろうか。仕事をしていたり、誰かの要請に応えていたりするほうが、「これでいいのだ」という手応えを得られる。

「一日の全てが自分だけの時間だ」となると、さらにそれが数週間にわたって続くとなると、だんだん心細くなり、不安定になってくる。人目が気になり、人恋しくなる。

しかし、その不安定さがピークに達した瞬間、するん！と、驚きの反転が起こる。

自分の時間がやっとほんとうに「自分の時間」になる瞬間が来るのだ。

この瞬間が来ると、それまで空っぽのように感じられていた時間が突然、別物のようになる。でもたいてい、その頃にはもう、帰らなければならなくなっているのである。

……ああ、書いてたら、無性にどこかに行きたくなってきた（涙）。

No.

12 月に願いを

お題は「月に願いを」。

「満月に向かってお財布を振るとお金が増える」とか「新月の日に願いごとをすると叶う」とか「願いごとは『○○になりますように』ではなく『○○します』『○○になります』のほうが良い」とかいう話を、ここ数年、あちこちで耳にする。小学生や中学、高校の頃、「靴紐が右だけ解けたら誰かに好かれている」とか「思いニキビ・思われニキビ」とかが流行ったのを思い出す。

子供の頃、「おまじない」が女の子の間で非常に流行っていたが、いくつになっても私たちは「おまじない」が大好きなのだ。

「おまじない」と言うと子供じみているが、「ジンクス」ならば社会的に認められている。多くのアスリートが、決まったアクセサリーを身につけたり、ある儀式的な手順を繰り返したりすることで、成功を引き寄せようとする。スポーツ選手だけではなく、ビジネスの世界でも「縁起を担ぐ」人は多い。大事なプレゼンの日にはくパンツを決めている人もいる。

「こういう行動をすれば、こういうことが起こるだろう」という発想は、いったいどこから来るのだろう。もちろん「努力すれば、受験に受かる」とか「ダイエットすれば、痩せる」とかはちゃんとした因果関係に基づく合目的的行為だ。そうではなく、他人から見れば無意味なように思える行為を、大真面目で紐づけて、それをやらないと不安になってくるというのは、どういう心の仕組みなのだろう。

ジンクスやおまじないの成り立ちには、二種類くらいある。

まず、アスリートやビジネスパーソンが「ここぞ」というときに身につけていく物というのは、「かつて成功したときに偶然身につけていた物」である可能性が高い。自分の勝利を、そのときたまたま選んだアクセサリーや衣類が「助けてくれた」ような気がするわけだ。

このアクセサリーが勝利の「原因だった」わけではないことは、理性的には理解できる。

でも、私たちの「心」は、そうはいかない。

もう一つのおまじないの成り立ちは「誰かが言った」である。

この「誰か」は、知っている誰かではいけない。古い時代の人で、もうそれが誰なのかはわからず、口伝えに伝わっているだけのこと、でなければならない。あるいは、「専門家が言った」でもＯＫだが、その専門家もまた、「誰が言ったのかはわからないが、こういうことになっている」という言い方をする。

しかし、大事なのは、そんなことではないのだ。

月に祈り、靴紐の解けた「側」を気にし、あのときつけていたアクセサリーをもう一度つける、そのことのリアリティが私たちの心の中に「ある」ということ自体が、実は大事なことなのだ。そのおまじない、そのジンクスの「成り立ち」など実はどうでもよくて、そのジンクスが自分にとって「意味を持つ」ということのほうが重要なのだと私は思う。

この世は、「わからないこと」で満ちあふれている。未来がわからない、彼の心がわからない、自分の進むべき道がわからない、いつ災難が降りかかるかわからないし、誰が何をしてくるかわからない。わからないのだ。

そんな「わからないこと」の恐怖に立ち向かうために、私たちは、武器や防具を必要とする。それが必要なのだ。「これで未知なる未来と戦える」という気持ちにさせてくれる、その支えは、私たちの心の奥深くに生まれて、物体や儀式に吹き込まれる。まるで物質に生命が吹き込まれたように、単なるモノが「聖なるもの」に変身して、私たちを守ってくれる。

こうしたモノたちはそれほど「私たち自身」であるがゆえに、危険でもある。ジンクスのこもったお守りを忘れてしまったために動揺して、大事な場面で失敗したり、呪物や星などが自分の人生を動かしているのだと信じて、日々を無為に過ごしてしまったりする人もいる。この人たちは、呪物に吹き込んだ自分の想念に飲み込まれて、おぼれてしまったのだ。

これは危険なワナだけれども、そもそも、火も水も、使いようで人を生かしもすれば殺しもするのと同じだ。

科学を学び、教養を積んでも、私たちは月に祈ることができる。月は満ち欠けし、時間を膨らませたりよみがえらせたりするように見える。月の表面は岩だらけのデコボコの世界だと知っていても、あの輝きが私たちの心を捉える。月の輝きに命を吹き込むのは、私たちの心なのだ。そして、私たちの心によって命を吹き込まれた月は、今度は私たちを守ってくれるようになるのである。

これで私たちは、明日も戦えるのだ。

No. 13 人の相性

お題は「相性」。

「以前、海外で占ってもらったとき『日本人はすぐ相性が良いか悪いか聞きたがるね～。雑誌の占いも相性占いがとても人気のようだし。こっちではそういう傾向はあまりないよ』と言われたことがあります。やっぱり、相性を聞きたい、というのは日本人特有のサガなのでしょうか？」とのコメントが添えられていた。

私は日本語しかできないので、日本人以外の人の占いはほぼ、やったことがないのだが、確かに「相性」を問われることは多い。

「彼と私は相性が良いでしょうか？」と聞く人は「彼はどんな人で、私はどんな人でしょうか？」と聞いているわけではない。これは「目に見えない運命の赤い糸」的なものの存在について聞いているのである。

よく考えると、たぶん誰もそんなものは見たことがないはずなのに、「『相性』というものが『ある』」と、多くの人が信じている。最近では「ソウルメイト」という言葉もよく耳にする。「あの人と私は、ソウルメイトなんです」と語る人もいる。どういうふうにして「そうだ」とわかるのかは、私にはよくわからないのだが、たぶん「とても気が合って、理由はないんだけど、決して仲違いしないような気がする」というような感じかな、と想像する。あくまで想像だ。確かに「どういうわけかわからないけどぴったり来る」相手に出会ったら、何か神秘的な感じがして、「親友」ではヌルすぎるのだろう。

たぶん、理詰めでいけば、「相手がどんな人間か」ということと「自分がどんな人間か」ということとが八割くらいでもわかったなら、「どういうわけか相性が悪いんですよね……」なんていう感想は、出てこないんじゃないかと思うのだ。あくまで「相性」ではなく、個性の相違の問題となる。でも、私たちはたいてい、相手のことがたいしてよくわからないので「犬の首の後ろをつまんで持ち上げたら嚙みつかれた！」

みたいなことになる。首の後ろをつまめばおとなしくなるのは、猫だ。猫と犬は違う。そこがわかっていれば、噛みつかれたりしなくて済んだのに、犬を猫みたいに扱ってしまったせいで、噛みつかれるわけだ。人間は全員「人間」という種だけれども、人によってその個性や価値観は、犬と猫ほどにも違っている。だから、人間同士の間でも、「犬を猫みたいに扱ったがゆえの行き違い」というのは、しばしば起こる。

ドラマでもそういう場面はよく描かれる。最初は犬猿の仲だったはずの二人が、だんだん仲良くなっていく。どうして「だんだん仲良く」なるかというと、お互いのことがだんだんよくわかっていくからだと思う。個性や考え方の全く違う二人でも、相手のことがわかってくると、ぶつからなくなる。時には、相手の考え方に影響されて、知らず知らず、自分が変わっていく。

「恋人ができないんです」とか「人を好きになれないんです」という相談を受けたとき、よく私は「他者に対して、自然な関心を傾けていくと、けっこうちがってくる」というようなことを話す。他人に対して誠実な関心を持つということは、結構難しいことなのだ。誰でも自分のことだけでいっぱいいっぱいであることが多いし、特に利害関係もない人に関心を向けるなんて、なかなかできることではない。ドラマのように「自然に相手のことがわかっていく」なんていう展開は、レアケースなのだ。

そのあたりにリアリティを持たせるために、ドラマではしばしば「突然同居することになった」とか「一つの事件に二人いっぺんに巻き込まれた」など、イヤでも相手の顔を見つめざるを得ないようなシチュエーションが設定される。裏を返せば、そのくらい「ムリヤリ」な状況でもなければ、相手に強い関心を傾けて理解しようとするなんて、できないのかもしれない。

好きでもない相手に関心を持つ、というのは難しいわけだが、これも裏を返せば、「よく知りもしない相手を好きになる」なんて、輪をかけて難しいだろうと思うのだ。最初は誰だって相手のことを知らない。だから、いきなり好きになるなんて、外見に一目惚れする以外はムリだ。好き嫌いの枠を越えて、意識して「関心を持つ」ことをしたとき初めて、相手が見えてくる。

もちろん、人間関係はそれほど簡単ではないし、確かに、自分の力ではどうにもならない結びつきみたいなものもあるかもしれない。

でも、少なくとも、自分と他者は「全く別の生き物」だという前提のもと、澄んだ関心を傾けてみると、意外と「相性」ではなく、別のことが気になってくる。それは「相手自身」である。そのとき、自分と相手の間に引かれたカーテンのような得体の知れない「相性」という魔物が、すこしは、開かれた状態になっているはずなのである。

No. 14

待ち人来る

頂いたお題は「待ち人来《きた》る」。

「メールも電話も待っているときというのは、本当に長いんです。恋愛の待ちはもちろんですが……。待ち上手になるためにはどうしたら良いでしょうか」との追記があった。

「待ち上手」という言い方はおもしろいな、と思った。

確かに、「待つ」のは難しい。カップ麺や山手線を待つ三分は果てしなく長い。しかし、恋人と過ごす三分は、何もしなくてもほとんど一瞬だ。人間の「時間の感じ方」は、摩訶不思議である。

このテーマを見て、ふと思い出したことがある。

最近、仕事で「待ち合わせ」をするときは、喫茶店で待つことがほとんどだ。あるいは、相手の会社を訪問してしまうことが多い。

でも、私が中学生や高校生の頃は、そういえばよく、書店で待ち合わせをした。私がティーンエイジャーの頃にはまだ携帯もポケベルもなく、現地での連絡手段はなかった。そしてお金もなかった。だから、喫茶店で待ち合わせ、という金のかかることはできなかった。

書店には、心躍るコンテンツが山ほどある。夏涼しく冬あたたかい。外で待つよりずっと良い。田舎だったので、そこそこ大きな書店でも大した広さではなく、ために、容易に相手を探し出すことができる。大手書店では、我々のような学生のみならず、大人も盛んに待ち合わせをしていた。

書店で待ち合わせるのは、本を物色して待っていられるからである。

つまり、相手の「待っている時間」をちゃんと埋めようとしている配慮なのだ。「本屋で待ち合わせね！」と言う人は、自分が欲しい本を買いたいという事情もあるかもしれないが、相手もそこで、退屈せずに待てるだろうと考えているわけだ。もちろん、相手が本を読まないタイプであれば、これは通用しない。でも、もし相手が食品が好きなら「デパ地下で待ち合わせね！」とかでもいいし、ブティックで試着しまくりながら待ち合わせる、とかもひょっとすると、アリなのかもしれない。

とにかく、「待つ」こと以外のことを「する」ことによって、「待つ」の辛さが消え去るわけである。もしおもしろい本を見つけてしまったなら、「あ、もう来たの？」と、五分遅れの相手に言える。

恋愛ノウハウ、みたいなものに私はあまり詳しくないが、「待つことができなくて、忙しい恋人にあれこれ要求してしまい、結果的に心の距離ができてしまう」という問題を扱った記事は多いようだ。

先日読んだ記事には、「自分も忙しくしましょう」「他のことをしましょう」と書いてあった。ただ手持ちぶさたに待っている時間を「なにかに集中している時間」に変えてしまえば良い、ということなのだろう。また、相手から見ても、自分をジリジリ待っているだけの恋人よりは、何かに夢中になっていて、もしかしたら自分を忘れてしまうのでは？と思えるような恋人のほうが、「気になる」はずだ、というのだ。

確かにそうかもしれない。

でも、そうは言っても、「待っている間は携帯ばかり気になって、他のことになんか集中できない！」とか「やりたいことなんか特にない、趣味もない、仕事も面白くない！」という人だっているだろう。

その気持ちも、また、よくわかる。


私は既にアラフォーであるが、最近ちょっと気がついたのだ。

10代の頃、私はいろいろなものに夢中だった。マンガとか、ゲームとか、音楽とか、ラジオ、本、絵を描くこと（ヘタだったが）、編み物もしたし、文章も書いたし、多趣味とはとても言えないけれども、とにかく好きなものの中に、どっぷり浸っていたのだ。

気がつけば大人になって、いろいろ忙しくなっていて、「好きなもの」から遥かに遠ざかってしまった。だから時々ふと時間ができると、「なにもしたいことがない」となったりする。

それに気づいて「これはまずい」と思い、ここ一、二年、つとめてマンガを買ったりしている。先週も『ONE PIECE』を大人買いしてみた（今更）。

読み始めは、なんとなく中に入っていけなかったのだが、しばらくしたら調子が出てきて、子供のときのように時間が経つのを忘れて没頭していた。チョッパー登場で号泣し（わからない方すみません）、ＴＳＵＴＡＹＡで映画を借りてきて二回観て号泣した。

ＴＳＵＴＡＹＡでＤＶＤを借りるのは初めてだった。中高生のときは、ビデオもＣＤも、毎週のように近所でレンタルしまくっていたのに、あれから20年以上が経った今、要領がわからなくてどきどきオドオドしながら会員登録をした。

大人になったら、自分を楽しませるのに、意志が必要なのである。そして、おもしろいものは、探してみれば結構たくさんあるのである。

No. 15
「HOW TO」の功罪

お題は「『HOW TO』の功罪」。ハウツー、とカタカナで表記されることもある。もう日本語化してしまったと言っていい言葉だ。

デジタル大辞泉によれば、「ハウツー」とは「やり方。方法。特に、実用的な方面での方法や技術」とある。

編集部からは「なぜ、人はハウツー本に弱いのでしょうか？　うまくやりたい、失敗したくない、もっとより良いやり方があるはずだと思っているからだと思いますが、『そんなにうまい話はない』と感じている人が多いはずなのに、なぜか手っ取り早く失敗せずにやれる方法があるんじゃないかと期待してしまいます」というコメントが添えられていた。

確かに、書店に行けば、「これでもか！」というくらい、膨大な「ハウツー本」が並んでいる。今、試しにネット書店のＡｍａｚｏｎで、ベストセラートップ１００というのをざっと見たが、アイドルの写真集や有名マンガに交ざって、『ガンもボケも逃げ出す「人生のテーマ」の見つけ方』『しごとの日本語メールの書き方編』『リバウンド率ゼロ！　ＥＩＣＯ式下半身やせメソッド』『ねこ背は治る！　知るだけで体が改善する「4つの意識」』『赤ちゃんがピタリ泣きやむ魔法のスイッチ』『一瞬で夢がかなう！「人生のシナリオ」を書き換える法』『7つの習慣』。ベスト50の中にあったハウツー本の、これは、ほんの一部である（！）。

そもそも、人がハウツー本を手に取るときというのは、どんなときだろう。

何かがうまくいかないときだと思う。何かにトライして失敗したり、人と比べて自分が劣っているように見えたり、悩みを抱えたりしたとき、人はハウツー本を探す。「自分が行き詰まっているのは、正しい方法を知らないからだ」という仮説のもと、「正しい方法」を探している、ということなのだと思う。

私も以前、「ハウツー本」を手に取ったことがある。それは、大学受験を控えた高校三年生の春だった。

私は、いわゆる「五教科」はおしなべて苦手だったが、文章を書くのは好きだったので、小論文を課す大学を目指し、大手予備校が主催する模試を片っ端から受けまくっていた。しかし、得意なはずの小論文の得点が、どうにも思わしくないのだ。その理由もわからない。これはまずい。私は焦った。

小論文というのは、答え合わせができない。塾に通っていなかった私は、適切なアドバイスを受けることもできず、途方にくれた。

そんなとき、「小論文の書き方」なる本を、書店で初めて、手に取ったのである。最初のページを開くと、こう書いてあった。

「小論文には、結論がなければならない。感想ではなく、結論である。」

「構成は、起承転結にしてはならない。『結論』『その理由』『結論』という構成にすべきである。」

ここだけ読んで、私はこの本を閉じ、書店の棚に戻した。立ち読みである（申し訳ない）。その後、私の小論文模試の得点は徐々に安定し、高校で特別指導も受けられたおかげで、論文受験でなんとか合格できた。

別に、成功体験を自慢したいわけではない。何が言いたいかというと、こうである。

私がこのとき、ハウツー本にお世話になって、非常に効果があった理由は、「その本を読む前に、我流で七転八倒していた」からだと思うのだ。

自己流で試行錯誤を繰り返して、にっちもさっちもいかない、自分の弱い頭で考えられることは全部やり尽くして、そこで初めて人様の教えに頭《こうべ》を垂れてみたわけだ。だからこそ、その本の言わんとするところが、三行でわかったのである。自分に足りないところが、一瞬でわかったのである。

自己流で七転八倒していなければ、たぶん、そうはいかなかったはずだ。その本を全部読んで、三回も四回も読んで、そこからその本の言う通りに修業をして初めて、真意がつかめただろう。さらに言えば、そこまでその本とおつきあいをする根性もなかっただろうから、結果的に、うまくいかなかったかもしれない。


いいハウツー本を、みんなが探している。でも、その本がいい本かどうかを見極められるのは、自己流で思うさま苦しんだあとだけ、ではないかと思う。

ある程度、我流というのをやってみないと、教えの真価もわからないと思うのだ。自己流をあまり突き詰めないまま、結果を早く知ろうとしてしまうと、そのハウツーがインチキかどうかもわからない。

……などということを、普段占い記事を書いている私が言うのもどうかと思うが、私は占いでは極力「……したほうがいいです」とは言わないようにしている。なぜならば、そこはたぶん、私なんかが考えるよりずっといい方法を、読者が思いついているはずだ、と思うからである。

No. 16

「大人になる」って？

頂いたお題は「大人になる」。

編集部からは「大人という定義が最近、本当にわからなくなってしまいました。やはり、大人びる、というのが感情や欲望を抑えたり落ち着いていたりすることだとするなら、『自制心がある』ということなのでしょうか？」というコメントが添えられていた。

これを読んで、ふと、画家のいわさきちひろのこんな言葉を思い出した。

「若かったころ、たのしく遊んでいながら、ふと空しさが風のように心をよぎっていくことがありました。親からちゃんと愛されているのに、親たちの小さな欠点が見えてゆるせなかったこともありました。

いま私はちょうど逆の立場になって、私の若いときによく似た欠点だらけの息子を愛し、めんどうな夫がたいせつで、半身不随の病気の母にできるだけのことをしたいのです。

これはきっと私が自分の力でこの世をわたっていく大人になったせいだと思うのです。大人というものはどんなに苦労が多くても、自分のほうから人を愛していける人間になることなんだと思います。」

（ちひろ美術館ホームページ　いわさきちひろ 絵と人生「ちひろの言葉」より）

コメントに書かれていた「自制心」とは、きっと、「本当の願望を抑えて、大人なんだからぐっとガマンする」というようなことだろう。

でも、いわさきちひろの言葉には「……できるだけのことをしたいのです」と書かれている。つまり、「ぐっとガマン」はしていない。自然に「そうしたい」のであって「イヤだけどガマン」ではない。

子供のときは、バービー人形が欲しかった。でも、今は別に、欲しくない。子供の頃は、ケーキが大好きだった。今は、それほどでもない（嫌いでもないが）。子供の頃に片思いしていた男の子に今会ってもたぶん、恋はできないだろうと思う。子供から大人になったら、「自然にやらなくなること」というのがあるのだ。それは「ガマンしてやらなくなる」のではなく、「やりたくなくなる」のである。

たぶん、大人になってから「ああ、昔はあんなこともこんなこともしたかったけど、今はそうじゃないなあ」と感じることこそが「大人になった」ということなんだろう。若い人に「もっと大人になれ」なんて言っても、それがどういう感覚のことなのか、絶対にわからないのだ。「大人になる」は「こういうのが大人」というカタチがあるのではなくて、たぶん、「以前の自分と今の自分の差」しかない。「昔に比べて少し大人になった」ということがあるだけで「もう十分大人になった」なんて、言えないのだ。

じゃあなんで「昔やりたかったことが、今はそうでもなくて、むしろ違うことがしたい」となるのだろう。

たぶん、子供は「自分」から出発する。若いときは常に「自分が自分が」だ。「自分中毒」みたいなものだ。

これが、年齢が上がるほどに、友達が増え、恋をし、恋に破れ、また恋をし、社会で様々な人と交わり、自分以外の人間の多様さに驚き、その驚きの中にわずかに成功を収めたり喜びを体験したりし……とやっていくうちに、だんだん「自分」より「自分以外の人」とか「外の世界にあること」とかが面白くなっていく。若いときは「自分が満足できるかどうか」しか興味がなかったのが、大人になるにつれて「相手が満足しているかどうか」「幾人もの人がそれぞれの立場で満足しているかどうか」が面白くなっていくのだ。

この「面白さ」は、道徳や倫理で語れるようなことではない。文字通り「それが面白おかしい」のである。楽しいのである。自分がお腹いっぱいケーキを食べることより、いいケーキのお店を見つけて人に紹介したりそのお店を引き立てたりすることのほうが、面白くなっていく。恋をして抱きしめてもらうより、相手が成長したり満足したりしているのを見るほうが面白くなっていく。それが「面白い」「楽しい」のであって、決して子供心の「自分が自分が」をガマンして耐え抜いていい人面をしているわけではないのである。

何が面白いのか、は、自分でコントロールすることはできない。ただ、興味や関心を持たなければ、「面白い」にたどり着くことはできない。興味や関心を持つってどういうことかというと、何かに出会ったとき「それは面白いかもしれない」という仮説を心に抱くことである。その逆の「どうせつまんないよ」という仮説がすなわち「無関心」である。

たぶん「大人になる」ことのスタートラインは、何かが「つまらない、空疎だ」と思えたときではないだろうか。恋をしてつまらなかったり、仕事をしてつまらなかったり、誰かの世話をしてつまらなかったりするとき、それは、「もう今までのやり方では面白くない」のだから、今までの自分が、大人になりかけている、ということなのだろう。

つまり「つまらない」ときは、大人への「扉」の前に立っているのだ。

No. 17 モテる

頂いたお題は「モテる」。

編集部によると、

「モテるって本当に褒め言葉だなと思います。これ以上の褒め言葉が、現代にあるとしたらどんな言葉でしょうか。でも、実際のところ、そんなに重要なんでしょうか!?」

とのこと。「モテる」がなぜ褒め言葉なのか……?

このコメントは正直、ちょっと意外だった。「モテる」って、褒め言葉なのか。

「モテる」。

　つらつらと思い返してみるに、私自身、今までの人生でモテたと思ったことは一度もないし、また、モテたいと思ったこともない……。

　別に禁欲的だったからそうだったわけではなく、自分の女性としてのスペックがあまりにも低いため、「モテる」ことと自分が関係があると発想できなかっただけである。私にとって「モテる」ことは「投手として甲子園に出る」ことと同じくらい現実味がない、全く別の世界の出来事だった。そんな私が「モテる」について何か書くなんておこがましいというか、ハッキリ言って「ムリ」な気がする（だいたい、この稿を書くにあたって既に二本もボツになっている）。

　従って、今はほとんどヤケクソで書いているわけであるが、ハッキリ言って「モテる」というのは、「金がある」と同じようなことではないだろうか。

「お金があっても幸せにはなれない」という寓話やドラマ、小説は古今東西、枚挙にいとまがない。金持ちが出てきて、でもその金持ちは不幸せで、そのうち、貧乏な人や今まで見下していた相手から「本当の幸せ」を教えてもらう、というようなストーリーである。あるいは、映画の前半で大金持ちになるようなストーリーの場合、後半で必ず、手痛い目に遭うに決まっている。

誰もが金持ちになりたいと思うけれど、金持ちになればそれで幸せになれるかというと「そうではない」。


では「モテる」はどうか。

私の愛読する『赤毛のアン』のシリーズで、アンもアンの娘も、年頃になると大変にモテる。でも、彼女らは自分を好きになってくれる人たちからのプロポーズにげんなりし、がっくりし、「もう男なんかイラン！」とばかりに憤慨したりするのである。

かくいう私の妹も、顔が私と違って大変に美人なので、一時期非常にモテたそうであるが、彼女曰く「みんな私の顔ばっかりが目当てで来る、ろくでもない」といつも憤慨していた。妹のふんわり優しい麗《うるわ》しさに見とれて恋をしてくれる男性は、彼女の中にある知性の金の斧と自己主張の銀の斧にびっくり仰天してすぐに退散してしまうのである。

モテない人は「自分を好きになってくれる人が、たくさんいればいるほどいい」と考える。しかし、実際に「たくさんの人が好きになってアプローチしてくる」と、それはそれで、いろいろ大変で、決して「ほんわか幸せ」だったりはしないものらしい。

だいたい、「自分を好きになってくれる人が多ければ多いほど、幸せになれる」のであれば、アイドルなんかはみんな幸福な人生を送れるはずだ。しかし現実を見ると、結構大変な苦労をしている人が多い、ような気がする。たとえば、「世界で一番たくさんの人に人気があった女性は誰だろう」と考えたとき、私はマリリン・モンローを思い浮かべたが、彼女は確かにモテて何度も結婚し、離婚し、果てに若くして不可解な死を遂げた。

こんなのはハッキリ言って経験談でもないし、みんな「又聞き」や「そうらしい」みたいな一般論でしかないので、本当に金持ちだったりモテていたりしたら、やっぱり幸福なのかもしれない。

だが、世の中的に「金があれば幸せかというとそうではない」「モテたって結構大変」という例はたくさんあって、だとすると、「金持ちだ」とか「モテる」とかいうのは、純然たる「褒め言葉」でしかないのではないか。

それこそ、「褒め言葉」にしかなっていないのが「モテる」なのではないか。

「モテる」というのは、現実に起こる幸福な出来事を意味しているのではなく、単に誰かを第三者が評するためだけに使われる言葉なのではないか、ということだ。

しばらく前に「品格」という言葉が流行った。「品格」というのはそもそも、ある人に対して第三者が評するときだけに使える言葉だと思う。「あの人は品があるね、格が違うよ」と、主にその人のいないところで使う言葉だ。それは、その人以外の人と比較してそう言っているのである。品定めをしたり、格付けをしたりできるのはあくまでも客観の立場にいる第三者だけであって、当事者ではない。間違っても「貴方、品格を身につけなさい」だの「私は品格があります」だのと、二人称や一人称で使っていいものではない。

それと同じで「モテる」というのもまた、第三者から見たときにだけ用いられる蜃気楼、幻影のようなものであり、「当事者」の世界では、ほとんど意味を持たない言葉なのではないかと思われる。

というわけで、モテるとかモテないとかは、こと「自分自身」に関しては、たぶん、どうでもいいのである。まる。

NO. 18

「気を取り直す」方法

お題は「気を取り直す方法」。

気を取り直す、というのは、何かで一時的にへこまされたり落ち込んだりして、そのあと、気持ちを切り替えてまた自分のやるべきことに取り組む、ということだろう。「立ち直る」みたいな大袈裟な感じは、そこにはない。ちょっと叱られてへこんだとか、ミスをして落ち込んだとか、そんなささやかな下降を、ぐっと上へ引き上げるのが「よし、気を取り直して、がんばろう！」だ。

では、自分はどうやって「気を取り直して」いるだろうか。毎日の自分の環境をつらつら考えてみるに、結構「ちょっとがくっとくる」「ちょっとむかっとくる」ことは多いような気がする。

ひとりぼっちで部屋にこもって、地蔵のように固まったまま、ひたすらパソコンに向かうだけの毎日なのだから、腹が立ちようもないだろうと思われるかもしれないが、私の主な現場は、インターネットである。

今はやり（？）のツイッターもやるし、ブログもやっているので、直接読者からコメントやメールをもらう機会がとても多い。そこで、いわれのない文句をつけられたり、どう応えていいかわからない言葉をぶつけられたり、しつこく責められたり、延々愚痴られたりすることは、正直、結構ある。単純に「占い当たらない」と言われただけで、やる気がごっそり削がれることも珍しくない。占いが当たらないのは文句なしに私が悪いわけで、「当たらない」と言った人に非はないのだが、やはり「当たらない」とぶつけられると「当たるなんて言ったことないよ！　いやなら見ないでよ！」と心の中で半べそをかくこともある。大人げない不当な逆ギレなのだが、これでモチベーションをまるっと持っていかれる。

しかし。

読者の皆さんと同じように、へこんだからといって締切は待ってくれない。落ち込んだからといって、役目を果たさなくていいことにはならないのである。ここでどうにか「気を取り直す」ことが必要になる。

「占い当たらない」系の言葉によるがっかり、つまり「お前の仕事は役に立たない」と言われることに対するがっかりは、一瞬「むきー！」と心の中で怒ってから、さらに心の中で「だけど、当たらないのは私が悪いんだし、この人に迷惑をかけてしまったな……」「それにやっぱり、当たらなくても読んでくれてるってことは、なんだかんだ言って、私の記事を好きでいてくれてるってことなのかな……」などと「勝手にいいほうに解釈」して乗り切れる。

しかしそんなものでは乗り切れない、激しく理不尽なことを言われたときや、変な攻撃をされることもある。これは、小手先の「考えよう」は役に立たない。

そんなときは、どうするか。

様々な経験を積み重ねるうち、私はついに、画期的な方法を見いだした。

すなわち、だーっとメールに反論を書くのだ。思ったことを片っ端から相手に向かって書いて書いて書いて書きまくって、……そして、このメールを送信せずに、そっと消すのである（爆）。

送るか送らないかは関係なく、とにかく「書いてしまう」ことが、どうも私の心を洗い上げる効果があるらしいのだ。

というのも、以前、反論しても仕方がないようなひどいメールを受け取って、なんとか忘れようとしたのだが、どうしても忘れられないことがあった。で、「これはもう、思い切って言いたいことを全部言って、反論してしまおう！」と思い、長い長いメールを書いた。

しかし、改めて自分の書いたものを読み返すと、送信したらさらにややこしい返信が来るだろうことは、一目瞭然だった。

で、とりあえずメールを「保存」した。

そしたら、なんと！　もうそのことは「気にならなくなってしまった」のである！

これはかなり不思議な現象だった。同時に「これは使える」と思った。

で、この手をしばしば使っているうちに、別な効果もあることがわかった。

その効果とは、「感情の変化」だ。反論を書きまくって保存してしばらくすると、なぜか「ああ、自分もちょっと悪いところがあったな」とか、思っちゃったりするのである！　で、冷静に謝罪のメールを書けたりしちゃうのである！

すると、今度は相手がびっくりするほど態度を改めて、優しく丁寧になってくれたりする、ということが、実際に何度も、あった。

これは、決して「演技」「二枚舌」「取り繕う」ということではないと思っている。書いてしまったあとに湧いてくるのも、確かに私の「感情」だからだ。

心は重層的な構造を持っている。心から恋している相手と、罵倒しまくるみたいなケンカができるのは、この「層」のせいだ。表面でちゃぷちゃぷ波立つ感情と、その奥にあるもっと深い感情とは、別物なのだ。奥にあるものを見つけ出すためには、表面のちゃぷちゃぷを一度、流しきってしまわなければならないのだ。

「気を取り直してがんばろう」とは、心の表面の波を超えて、水面下にあるやる気を取り出そう、ということだと思う。

問題は、表面のちゃぷちゃぷの取り除き方なわけだが、「出さないメールを書きまくる」は結構お勧めなので、良かったらお試し下さい。

No.19 タフなハート

お題は「タフなハート」。これは難しい。というか、自分の「ハート」、つまり「心」を振り返るに、これはもう、チキンの中のチキンというか、軟弱、惰弱極まりないのである。

幼い頃から親にも「お前は臆病だなあ」とあきれかえられていた。自分でも確かに「臆病だ」と納得している。某雑誌から「旅日記を書いて下さい」と言われたとき、連載タイトルを「石井ゆかりの臆病旅日記」にしたくらいである。

今もある単行本を書き終えたばかりなのだが、その本の刊行が恐ろしくて仕方がない。本を出せば売れ行きが不安だし、レビューも気になるし、間違いや批判も非常に怖い。きりきりと胃が痛む。

原稿を書いている間はぼちゃんと文字の世界に溺れきり、自分勝手の極みを尽くして自由奔放に書きまくるくせに、書き終わると頭を抱えて体育座りでふるえているような自分の心がここにある。

全然タフじゃない。


しかし、「タフなハート」とは、いったいなんであろう。たぶん「タフなハートの持ち主」とは、失恋したり、失敗したり、問題に遭遇したり、人と諍《いさか》いを起こしたり、あるいは批判されたり叱られたりしたときに、「それで打ちのめされたりダメになってしまったりしない心を持っている人」のことであろう。

ただ、ここで気をつけなければならないのは、「タフなハートの持ち主」だと認定しているのは、あくまでその人を外から見ている人なのである。本人が「私、ハートがタフなので！」とにっこり笑ったところで、その人の心がどんな状態になっているのかは、絶対に誰にもわからない。

つまり、何を感じているか、で、タフかどうかが決まるのではない。何かを感じたとき、どう振る舞えるか、で、タフかどうかが決まるのだ。

さらに言えば、失恋して打ちのめされて、「もうこの人、自殺でもするんじゃないだろうか」と思えるくらい嘆き悲しんでいる人が、ほんのしばらくするとけろっとして、別な人とつきあっていたりすることがある。こういうとき「あの人はタフだなあ」と思ったりする。感情に飲み込まれて傷ついて打ちのめされても、しばらくしたら「復活できる」のも、「タフなハート」の一つと言えよう。

思うに、心が張り裂けるほど痛んでいても、もう二度と立ち直れないような気がしたとしても、悲しみに打ちのめされて二、三日ずる休みしたとしても、それだけで「ヤワなハート」の持ち主だということにはならないのだ。

心が打ちのめされるだけ打ちのめされたあとで、しばらくしてから、嵐のあとの朝顔の芽のように、

「むくっ」

と起き出せる心というのが、本当の「タフなハート」ではないだろうか。

誰かに叱られたり、誰かに嫌われたり、大失敗をしたり、自分の無力を痛感させられたり、取り返しのつかない喪失を経験したりすれば、誰だって心はこてんぱんになってしまう。いわゆる「心が折れる」というやつである。

しかし、そんな嵐に「折られた」心であっても、しばらくしたらちゃんと「起き上がる」力があるなら、それは「タフなハート」であろうと思う。

守りたいものがあるときや、やり遂げたいことがあるときは、タフなハートが是非とも必要だと思う。

しおれても萎んでも折れてもへこたれても、しばらくすれば「にょん」と起き上がる、その「戻る力」の強さが「タフさ」なんじゃないかと思う。

タフさは、きっと、貪欲さと関係がある。

人生に対して、求めるものが大きければ大きいほど、人は、起き上がる。

ワガママさ、自分勝手さ、貪欲さは、すべて、生命力に起因しているのだ。

もっと輝くはずだ、きっとうまくいくはずだ、自分はもっとたくさんのものを手に入れていいはずだ。そんな気持ちが、折れた心を、いつか起き上がらせる。

希望だの、タフさだの、そんな美しい言葉で語られることも、それらは私たちがどちらかと言えば「醜い」と感じているもう一人の自分が作り出してくれるものなんだと思う。

私たちの内なる貪欲さや内なる悪徳や、時には内なる弱さこそが、私たちを強くも明るくもする。私たちの愛を作り、私たちのチャンスを作る。

否定されているもの、隠されていること、暗がりに追いやられ差別されている私たちの内なる何事かを、開きなおって救い出したとき、そこで「なにか」が見つかることがある。

この「あかりとり」を通じて、私はそういうことが書きたかったんだと思う。

石井ゆかりの天然パーマ物語

『marcel』2012年1月号～2012年12月号に連載

第1回 「自然」について

雑誌『月刊マルセル』は、美容師さん向けの専門情報誌である。パーマやカラーリングに用いる薬品について、科学的な最新情報を提供する雑誌で、2015年年末以降は『月刊経営とサイエンス』として発行されている。

本稿は、『月刊マルセル』の2012年1月号から一年にわたって連載された記事をまとめたものである。あえてシロウトが、完全な「お客様目線」でコラムを書くという、専門誌の中での息抜きページ的な企画だった。

＊　＊　＊

マルセルの編集者Oさんが言うには「女性からの、お客様のナマな体験談を書いて頂きたいんです」とのこと。

確かに、私は小学校六年生くらいから、それまで直毛だった髪の毛が激しく縮れ始め、そのことでずっと辛く恥ずかしい思いをしてきたという経緯がある。

ゆえに、まだ「ストレートパーマ」が「板」だった時代から、何度となく挑戦しては失敗してきた、その体験談ならたぶん、結構書ける気がする、と思うに至った。

で。

そんなことを言いつつ、これを書いているつい昨日、私は「美容院の中の人」の世界に紛れ込んでしまったのである。

いつもお世話になっているglam:UNITED WORKS（以下、「吉田さんとこ」）の吉田さんから、

「今度、縮毛矯正とカットの講習会をやるんですが、ゆかりさんの髪は理想的なので、モデルをお願いできませんか」

というご依頼を頂いたのだ。

モデル……。

何をかくそう女子としてはかなり残念なスペックに生まれついた私にとって、自分の人生で「モデル」という言葉が自分のものとして成立する機会があろうとは、夢にも思わなかった。正直、この言葉を目にして、私は軽く興奮した。

「理想的な髪」だなんて……。

もちろん、ちっとも褒められたわけではないのはわかっている。家のリフォームの番組『大改造!!劇的ビフォーアフター』のビフォーはできるだけひどいほうがおもしろい、みたいなことだ。わかっている。わかっているけれども、単なる悩みの種が「役に立つ機会を得る」なんて、やっぱりうれしいではないか。

というわけで、かなり積極的にＯＫした。

講習会の規模は想像より遥かに大きく（40人くらいいたような気がする）、意欲的な熱意の雰囲気に満ちていた。

専門用語満載の話の内容はちっともわからないわけだが、なるほどなあ、と思ったことがいくつかあった。

まず、「自然」という言葉の使い方である。

この「自然」という言葉は、二種類あるのだ。

天然パーマの「自然」は、パーマのままの髪のことである。

でも、私たち天然パーマの人間は、「天然パーマは不自然だ」と考えているからこそ、まっすぐにしたいと念じる。少なくとも私はそうだ。

ストレートパーマをかけるのは、「キレイになりたい」「美人にしてほしい」ではなく、「間違いをなおしてほしい」というのに近い感覚なのだ。

ストレートパーマの講師を担当されたのは、町田の「レスキューヘア」の菊地さんだった。菊地さんの施術はウソみたいに優しく、ブローやアイロンで引っ張られる感じが一切なかった。全く力を感じずにアイロンをかけてもらいながら「こういうシーン、どこかで見た」と思った。そうだあれだ、『スラムダンク』の「左手は、そえるだけ……」だ(『スラムダンク』読んだことない方すみません)。

菊地さんは、話の中で「自然な立ち上がりを出そうとして、根元を残して伸ばす人がいますが、そうではなく、自然さは残すのではなく、自然に見える状態を作るんです」というような意味のことを言った。

そうなんだよな、と思った。

自然さというのは、「そのままにしてあるのが自然に見える」のではなく、あらかじめ人間の頭の中に「自然な雰囲気ってこんなかんじ」という漠然としたイメージがあって、それに近いものほど「自然」なんだと思うのだ。「ノーメイク」と「ナチュラルメイク」が違うのと同じで、「ノーメイク」は自然に見えるかというと、実は不自然に見えるのかもしれない。

これに近い言葉で「天然成分」とか「自然の力」とかがある。

私は「これはすべて天然素材でオハダに優しく……」とか「植物物語」とか言われると、なんとなくむっとしてしまうのである。

「トリカブト（猛毒。飲むと死ぬ）とか、ウルシ（触るとかぶれる）とかも、全部天然で植物だけどね」と心の中で呟いてしまうのである。

一般には「自然」「天然」は、「化学的なもの」よりも安全で優しいと信じられている。つまりここでも「自然」という言葉はあくまで「そういうイメージ」を表しているのであって、決して「野生そのもの」を意味しているのではないのである。

カットの講師は吉田さんだったが、吉田さんも似たようなことを言っていた気がする。縮毛矯正に来たからって、お客さんは「とにかくばっつりまっすぐ伸ばしてほしい！」と思っているわけではない、ということだ。

そうですそうなんです。

と、頷きたくても頷いたら迷惑になるはずなので、私はがんばって地蔵のようにじっとしていた。

縮れているのは、人と比べて不自然な気がする。

でも、「自然な髪型」の人々は必ずしも、昔の楠田枝里子みたいな状態ではない。

極論すれば、こっちから見たら全くストレートヘアだよ！の女の子が「私の髪、クセがあって……」などとヌルいことを言いながら髪をいじってる、あの自然な緩やかさが欲しいということなのだ。

モデルの間は鏡がない上、私はかなりひどい近視で眼鏡っ子なので、自分の髪型がどんなことになっているのか全然わからないまま、講習会が終わって、会場をあとにした。

帰りの電車の中で、窓に姿が映り、思わずにやにやしてしまった。

ここ数年、吉田さんのところでお世話になるようになってから、以前あたりまえのように感じていたあの気持ちを忘れてしまった。

以前は、美容院を出ると必ずといっていいほど、髪の毛のあちこちを引っ張ったり分け直したりしながら「自分で洗ってみて、少し伸びれば、もう少しちゃんとなるよ」と自分に言い聞かせ、慰めながら帰るのがアタリマエだったのだ。

というわけで、お陰様で、今は大変機嫌の良い状態となっている。ありがたや。

第2回　秘密の罪悪感

何をかくそうご幼少のみぎり、私の髪の毛はカラスのようなつやつやの直毛であった。顔は残念だけれども髪の毛は「日本人形のよう」であったので、しばしば親族に絶賛された。母や祖母は毎朝、幼稚園への登園前、私の射干玉《ぬばたま》の髪をうっとりとくしけずり、いろんなスタイルに結い上げるのであった。が。

年齢が上がり、小学校四年生頃だったと思うが、髪の毛の中に、なんだか変な髪の毛を見つけたのだ。

その髪を触ると、うねうねぼこぼこした手触りがある。まっすぐな髪の毛にそんなのが一本、二本まじっているので、「これは間違い、エラーであろう」と考え、私は迷わず抜いた。

抜いてみると、やはりくねくねしている。

すぐに、この「クネクネの毛を見つけて取り除く」ことが私のクセになってしまった。読書が趣味だったので、本を読みながら髪を抜き、あろうことかそれを本に栞《しおり》のようにはさむという奇癖がついた。

やがて中学生になる頃には、頭のてっぺんが薄くハゲてしまっており、ついたあだ名は「カッパ」であった。なんということだ。少女時代のあだ名が「ハゲカッパ（↑別バージョン）」とは。

髪の毛はこの頃、直毛から縮毛へと完全に生え替わっており、私のアタマは「天然パーマ」になった。みっしりと厚く生えそろったつやつやの直毛から、てっぺんハゲの天然パーマへ。ことほどさように、人生は悲しみに満ちている。

ぶわぶわと遠慮なく広がる髪を押さえつけたり縛りつけたりしながら、中学時代はやり過ごした。しかし、高校生になるとさらに少女は色気づいてきて、「このひどい髪の毛がどうにかならないものか」と悩みに悩んだ。

そんな頃、私が住んでいた草深い東北の田舎にも、「ストレートパーマ」なるものが登場したのである。

この髪の毛が、直毛に戻るのか!!

モデルさんの写真を見ると、つやつやさらさらになっている。これはすごい。価格は二万円ほどだったか、とにかく非常に高価だったが、家業の手伝い（親戚が居酒屋をやっていた）などでもらった小遣いから捻出し、喜び勇んでかけてもらった。

片側がぐるんとまるまった大きな板を、髪の毛にぺたぺたと貼り付けていく。アタマが板で覆われ、スフィンクスのようになった。これをはがして薬を洗い流すと、さらさらストレートになるのか……と、胸が高鳴った。

施術終了、鏡を見ると、確かにうねってはいない。うねってはいないのだが、憧れの「さらさらストレート」にはほど遠い。この得も言われない「もわっと」感は、何に喩えればいいのか。

数日後、私の髪型は元に……戻るならまだいいのだが、復活したうねりが不規則にあばれまわる、コシのないメデューサ的なアタマになっていた。そしてさらに時間が経つと、切れ毛や枝毛がばりばり出てきた。

今にして思えば「あの美容院にちょっと文句言ってくる！」くらいに思っても良さそうなものだが、思春期の少女は、そうは思わないのだ。「私の髪がひどすぎるから、こんなふうにしかならないんだ」「他の人の髪なら大丈夫でも、私にはやっぱりさらさらストレートなんて、ムリなんだ」と、自分のせいにして受け止めてしまうのだ。

見た目はアレでも、内面的には純情可憐だったのである。

いや。思春期の少女でなくとも、何かがうまくいかなかったとき「自分のせいかもしれない」と諦めてしまう人は多い。特に美容系はそういうところがある気がする。というのも、そもそも、生まれたままの姿ではなく、化粧品や何らかの外部的技術によって「美しくなろう」とすることには、心の奥底に切り傷のような罪悪感を伴うからではなかろうか。

現代では「キレイになる」ために「努力をする」ことは、「いいこと」とされている。ネイルしたり、まつげをつけたり、ダイエットしたりすることは「前向きにがんばっていてステキ」なことだと捉える風潮がある。

でも、心の奥の奥の、本当の底のところではどうだろうか。

美容整形はいまだに、非難されることが多い。キレイな人が美容の秘訣を聞かれて「ものすごくあれこれやっています、こんなすごいことやあんなひどいことや」と応えるよりも「いえ、特になにもしてません（にっこり）」がカッコイイと受け止められるのは、今も昔もあまり変わらないと思う。

私たちは、生まれたままの素顔の自分であることが、心のどこかで「正直で純粋だ」と思っている。自分の美醜を意識し、人からよく見られようとして容作《かたちづく》ることは、「醜い、悪いこと」と感じていないだろうか。

だから、美容に関係することで「失敗」が起こったとき、多くの人は「そんなことを望んだ自分が悪かったのだ」と、諦めてしまう。

この、美容に関する「ヒミツの罪悪感」みたいなものは、資本主義の強大で圧倒的な力によって覆い隠されているが、そうした資本主義的な光がふと、消えた暗がりには、まだちゃんとそこに生き残っていて、多くの人を無言の内に苦しめているのだろう。

第3回

愛と哀しみの「パン屋さんシステム」

高校生のときは総じてロングヘアで、髪の毛を編んだりまとめたりすることでなんとかボリュームを減らすことを考えた。

単純にお下げにしていればいいようなものだが、きゅっとまとめてしまった髪型というのは、よほど顔の造作が整っていないと、似合いはしない。顔が一点の曇りもなくむきだしになってしまうからである。私のように残念な顔立ちの場合、前髪が垂れ、サイドの髪が顔に影を落とし……というふうに、顔のあちこちが少しずつ隠れているほうが印象がいいような気がする。これを「臭い物には蓋」理論と自分の中で名づけている。

髪の毛はできるだけ下ろしていたほうが良い。でも野放しにはできない。頭のてっぺんこそ、「毛を抜くクセ」で薄くなってしまったものの、元々髪の毛の量は多いほうだったので、襟足などは人より分厚い。てっぺんと裾野のギャップがひどいので、放っておくと富士山のような状態になってしまうのだ。

この問題を解決すべく、私はナイ脳みそをふりしぼって努力を重ねた。

まず、髪を少し分け取って三つ編みを作り、それを髪の毛の裏側（襟足の生え際）のところで縛る、いわば「隠しハーフアップ」のようなものを考案した。さらにそれに太いヘアバンドをかぶせてハゲも半分くらい隠すという技も開発した。さらに、今ではもうできなくなってしまったけれども、お下げ髪を二本の縄のように襟足でぐいぐいと縛り上げておだんご状に加工し、これをびっくりするほど大きな蝶々リボンをつけたバレッタでばちっと留めて「大正ロマン風」にしてみた。……等々、高校時代の私の縮れ毛は様々なイノベーションを生み出し、フォロアー（というか、単にマネする子）も現れるほどだった。

というか、勉強しろよ。それでモテたわけでもない。

それどころか、一時は毎日自転車のタイヤに釘を刺されてパンクさせられるという微妙に陰湿なイジメまで受けていた。
まあ、誰がやっていたのかいまだにわからない、という程度の、ぬるいと言えばぬるいイジメであった。

私が中学高校のハイティーン時代を過ごしたのは、雪深い東北地方であった。田舎ゆえに、相当ハデな感じの子でも、できることが限られていた。たいした繁華街もなく、小遣いも総じて少なく、バイトの口も少なかった。現代のようにインターネットも普及しておらず、ポケベルやルーズソックスやミニスカートが流行る数年前だった（年がバレバレ）。
そう、あれは「不良・ヤンキー・遊んでる」系の女の子たちが「スカートがぞろぞろ長い」時代から、「パンツが見えそうに短い」時代へと移行する、その狭間の時代だったのである。その頃は、何が流行ってて何が流行ってないのかが、ごく曖昧だった。だからこそ、私の自分勝手なイノベーションも、それほど揶揄も差別もされなかったのだろう。

しかし、髪型の流行はあった。

それは「内巻きパーマ」である。毛先だけくるんと内側に巻く、アレである。それも、まっすぐがくるっと内側に回る「し」のような形状ではなく、「ち」のように（上の横線は無視）一回外に張り出してそこから丸くなる、というスタイルになっている子が多かった。あれはああいうものだったのだろうか。それともある種の失敗だったのだろうか。

とにかく、内巻きパーマという、元々ストレートヘアだからこそできる流行の髪型を横目で見ながら「自分なんて生きているのがムダだ」と涙していたあの頃、やはり私も若かったのである。若かったからこそ、毎日、あーでもないこーでもないと、輪ゴムとピンを武器にファイトできていたのだろう。

ちなみに、私は現在京都に住んでいるので、制服の修学旅行生をよく見かける。みんな黒髪のストレートで、前髪にも重みがある。たぶん、AKB48の影響なのかな……と、若者文化に疎いながら想像してみる。この時代に生まれていたら、私の縮れ毛ライフはいったいどんな感じだったんだろう……と思うと、ちょっと背筋が寒くなる。

若い女の子たちの集団を眺めていると、昔の自分が所属していた、学校という集団のことを思い出す。すると、その中にいることの、あの独特な気分が微かに蘇《よみがえ》る。

みんな少しずつ違っているけれど、みんな似通っている。これが、若い女の子の「基本」みたいなものだった。もちろん、「○○系」と言われるような各種クラスタは存在する。でも、そのクラスタの中では、「みんな同じような感じで、わずかに違っている」ということが無言のうちに、徹底的に求められるのだ。

「流行」というものは、この「少しだけ違いつつ、みんな同じ」という感覚の別の言い方なのかもしれない。流行は更新されていくが、流行に従う姿は失われない。古今東西、ずっと同じだ。


これは、パン屋さんの棚に似ている。

いろんな種類のパンがあり、その中に、今流行しているパンがある。古くから人気のパンもあれば、出たばかりの新製品のパンもある。棚のトレイには、一つのトレイにつき一種類のパンが、整然と並んでいる。

同じ種類のパンでも、手作りだからわずかずつ形状や大きさが違う。けれども、同じトレイにのっていれば、みんな基本的には同じパンである。

買い手は、まずパンの種類を選ぶ。そして、同じ種類のパンが整然と並ぶトレイの上から、一番大きくて姿が良さそうに見えるパンを選び取る。
パンが女の子で、パンの買い手が男の子だ。

一つだけ大きすぎるパンとか、ナカミがはみ出ているパン、あるいは「一種類につき1コしかないパン」などは、商品としては成立しない。たまに、日付が変わったパンがアウトレット的に格安で売っていたりすることもあり、手元不如意な買い手はそれを買う。

パンたちは、トレイの中で自分が一つだけ違ったパンになりたいとは思っていない。「一個だけ目立つ、どのパンとも違うパン」ではなく、他のと似ていて、その上で、「できる限り選ばれやすいパン」になりたいと無意識に願っている。だから、痩せたいし（これは同じ種類のパンの中で、できるだけ大きなパンになりたいという願いである）、美肌になりたい（同前）。

今日、「個性」とか、「自分らしさ」とか、そういう言葉が教育書から娯楽雑誌まで、あらゆるメディアにごろごろしている。
だが、あの集団の中に生きざるを得ない若い時代にとって、「個性」ってなんだろう。

せいぜい、ピアノが弾けるとか走るのが速いとかその程度で、あとは所詮「パン屋さんシステム」に飲み込まれているのである。
若いときの我々の感性は、間違いなくあの「パン屋さんシステム」の中にあった。そして、たぶん、そこから降りるまでは、そのシステムの中を生き続けなければならないのだ。

途中で降りる人も多い。たいていは結婚や出産や加齢の自覚などで降りる。「もう買い手がつかなくてもイイ」か「もう買い手がついた」ら降りる。いつまでも降りない人の姿を時々、見かけるが、そういう人はぎょっとするほど若作りしている。
降りたあとでも時々、「また乗りたくなる」。パン屋の棚に並ぶということは、商品価値がつくということだからだ。商品価値があって流通するものは、丁寧に扱ってもらえる。買い手に眺めてもらえるし、そっとトングではさんでもらえるし、慎重に包装紙でくるんでもらえる。間違っても手づかみでばりばりやられることはない。これが「女としての私をとりもどしたい」などのフレーズに表れる。

私のように、生まれつきどんなヘアカタログにも載っていない、載っていたとしても100枚写真があるうちのたった一枚しか当てはまらない「地毛」を持っている人間には、この「パン屋さんシステム」が実にハッキリと見えてくるのである。

なぜなら、その棚に並んだことがないので、その棚を外から見ることができるからである。棚の中にいるパンになれる女性（これがマジョリティである）は、たとえば、女性ファッション誌を買う。そして、その中にいるモデルたち（つまり、自分がなりたい種類のパンのお手本）を見て、それと同じような格好をしようとする。これが「棚に並ぶ」行為である。中には、憧れのパンと完全に同一化しようとする人もいる。私はかつて自分のイベントで、「しょこたんが大好きで、憧れなんです！」という女の子に会ったことがある。その子は、頭のてっぺんからつま先まで、しょこたんそのものであった。

ヘアカタログを見て、「ああ、こんな髪型になりたいな」と思っても、私が「そうなる」には、まず縮毛矯正をかけ、次にパーマをかけなければならず、さらに、その状態はそう長くは続かない。前髪を分厚く下ろしたくても、ハゲているのと、縮れ毛のせいか分け目が決まってしまっているため、そんなことは不可能だ。ファッション誌やカタログの世界は、私からはものすごく遠い。

こういう「ものすごい遠さ」を味わっている人が人口の中にどのくらいの割合存在するのか、私にはわからない。

でも、そういう人種は確実に存在する。


先日、ある大学の近くの喫茶店で、ぼんやり仕事相手を待ちながらお茶を飲んでいた。窓の外をたくさんの若い子が歩いていくのが見えた。

みんなカワイイ格好をしているが、みんな「誰かに命令されたのか？」と言いたいくらい、似通っていた。「差し色」として少し明るい色を使っている子もたまにいるが、基本的には「ベージュ・黒・カーキ・グレー」で統一されていた。彼女たち一人一人のファッションが統一されている、というよりは、集団がそのカラーで統一されている、という趣があった。

そんなどんよりした色彩のきゃっきゃうふふ集団が通り過ぎたあとに、今度は、一人のおばあちゃんがゆっくり、よちよち歩いてきた。

そのおばあちゃんは、自分で編んだのか、大胆な花飾りのついたショッキングピンクのニット帽をかぶり、鮮やかな朱色のあたたかそうなコートを着込んでいた。

似合うとか、好きだとか、かわいいとか、気に入るとか。

私たちは、本来心の中から自然に湧いてくると思われているそうした感覚を、人生のかなり早い段階でごまかされてしまうのではないだろうか。人から好かれること、愛されること、選ばれること。そのことが私たちを支配したとたん、好きな色のことも、カワイイと思えるものも、何が何だかわからなくなってしまうのかもしれない。

年齢を重ね、おばあちゃんになってやっと、私たちは自由になれるのだろうか。

美しいとは、魅力とは、いったい何なのだ。


冬枯れの木立、アスファルト、どんより曇った空の中、そこだけ花が咲いているかのようにゆっくり歩いていくおばあちゃんの鮮やかな背中を見送りながら、私はたまらなく切なくなったのだった。

第4回　退路を断つ

先週、久々に美容院に行ってきた。横浜のglam:UNITED WORKSさん。「吉田さんとこ」と呼んでいる。２００６年くらいからお世話になっているが、それまでは習慣のようだった「美容院帰りにがっかりしょんぼり」が一度もない。そのワザにほとんど「帰依している」状態であった。

天然パーマの人間はたぶんみんなそうじゃないかと思うのだが、美容院に行く理由は「髪が伸びてきたから」というよりは「髪が盛り上がってきたから」である。「髪型を変えたいから」ではなく「髪が盛り上がってきたから」行く。

私は飽きっぽいほうなので、髪型はたぶん、本当はしょっちゅう変えたいのだろうと思う。「だろうと思う」というのは、それがほぼ不可能だからだ。

天然パーマのせいか、分け目は自動的に決まっている。てっぺんが薄いから、「前髪を重めにぱっつり」なんていうこともできない。根元が伸びて盛り上がってくることを考えると、あまり短くはできない。長いほうが重みでおさまりがつきやすい。

つまり、「いつもどおり」の枠をどうにも、出られないのである。

隣の席のステキ女子がヘアカタログを拡げて「うーん、今回はどうしようかなあ……思い切って、こうしちゃおっか！」などと、美容師さんと楽しく盛り上がっているのを横目に見つつ、「ちくしょう、これみよがしにきゃっきゃうふふしやがって……貴様も明日突然縮れろ！」と奥歯を噛んでいるのである。

そんなわけなので、吉田さんとこに行って最初に「今日はどうしましょうか」と聞かれるたびに、「このまま……（にするしかないですよね）」という微妙な雰囲気を醸し出してしまう。一センチ切るか三センチ切るかくらいしか選べないことにモヤモヤ感を出してしまう。

吉田さんは私の内心のもやもやも察知しており（というか誰にでも言うのかもしれないが）、「雰囲気変えたいですか」とか「なんか変えてみたいですか」とか、にやっとしながら聞いてくれる。

吉田さんの「変えたいですか」は、人間の妙な願望というか、衝動というか、を、汲み取って言っているのだと思う。現実的な制約はさておいても「とにかくあっちの世界に行ってみたいんですね」という、根源的な問いである。

確かに人間には「ええい！　どうなろうとも、オレはあの国境の向こう側に行ってみたいんじゃ！」みたいなヤケクソな衝動というのが、あるような気がする。安定を求める臆病な心の裏側に、何か無謀な目茶苦茶なことをしてみたい、というモンスター的なものが潜んでいるのだ。吉田さんはこういうモンスター的なもののニオイを嗅げる人種だと思う。そのモンスターは、しばらくは抑え込めるのだが、だんだんガマンが限界になると、突然どかーんと前に出てくるのだ。

アラフォーにさしかかった今、

「ここで短くしたら完全にオバハン化するのかもしれない……」

という懸念が頭をよぎったが、そんなことはもうどうでもよくなった。

似合うか似合わないか、老けるか老けないか、バクハツするかしないか、そんなことはもう、どうでもいいのである。思い切って変えてみる根性があるかどうか、既に焦点はそこに移っているのである。

というわけで、今回は思い切って、ざくっと肩まで切ってもらった。

現在、ライター業という、誰にも会わないで何日も過ごす商売のため、まだ誰にも「あれ？　髪の毛切ったんですか？」などとは言われていない。

が、なんとなく生活の空気が変わった気がする。この「変化」は、「不可逆」という意味ですごい。

すなわち、切った髪の毛は、すぐには元に戻すことができないのである。

私たち人間の多くは、何かを決断しても、すぐにまた元の木阿弥になってしまったり、日和《ひよ》ったりつぶしが利く方法を選んだりする。

そこへいくと、「髪の毛をばっさり切る」のは、生活習慣をある程度変えてしまって、少なくともすぐに元に戻すことは不可能なのだ。「退路を断つ」のだ。

この「元に戻せない」という絶対的断絶は、私たちを否応なく、未来や新しい世界に向けさせる。

失恋した人が髪の毛を切るのは、たぶん、それほどばかばかしいことではない。「元に戻せない」ということを身体的に徹底的に体験することにより、現実を引き受けて未来に向かうことができるのだ。そういう意味で、とても合理的で効果的な「儀式」

だと私は思う。

たぶん、私は何かを変えたかったのだろう。それが何なのかはわからないのだが、元には戻さない変化を体現したくて、ばつっと髪を切ってみようと思ったんだろうと思うのだ。

「自分が『思ったんだろうと思う』」というのは妙なことだが、美容院という場は、もしかすると、そんなふうに施術される人々の意識されざる無意識が、髪を切るとか色を変えるとか、そんなふうに形になって生起している、かなり神秘的な場所なのではなかろうか。

第5回 縮毛矯正と曙とわたし

板をベタベタと貼り付ける恥を乗り越えても一、二週間で直毛の夢が消える「ストレートパーマ」の世界から、伸ばしたところはほぼ元になんか戻りませんの「縮毛矯正」の世界へ。私がこの衝撃的飛躍を経験したのは、確か24歳くらいの頃である。

もう軽く10年以上前の話なので、ちょっとうろ覚えだが、こんな感じだった。

当時、私は駆け出しのプログラマーとして、IT企業に勤務していた。学生だった妹と二人暮らしの生活はビンボウで、さくっと美容院に行けるような経済状態ではなかった。が、年末初めてのボーナスを手にし、社会人として生きている、という深い感動を味わった。で、そのお金はすぐに使うわけもなく、大事に取っておいた。

当時、私の髪型は、セミロング程度に伸ばして、ゴムとバレッタでばつっと留めておくのが常だった。仕事のジャマになるからである。至極経済的だった。

しかし。

春になり、初夏の陽気となり、さらに、梅雨がきた頃、異変が生じた。

頭の後ろがかゆくなってきたのである。

バレッタの金具が常に当たっている部分が、金属アレルギーを発症して、かぶれてしまったのだ。かゆいだけではなく、なんか変な体液が出てきて固まったりするようになった。

これではもう、結ってはおけない。

もとより天然パーマのことで、一つに束ねておく、ということができないのである。その毛先は、庭箒よりまだひどい。後ろに魔除けのわらたばでもつけているかのようである。ブローするだの巻くだのという芸もない。ぐるっとまとめて頭に貼り付けておかなければ、もうどうしようもないのである。

私は一計を案じ、大事な貯金を崩し、美容院に向かった。

聞けば、最近は「縮毛矯正」というすごいものがあるという。ストレートパーマみたいに、すぐ取れたりしないらしい。ならばそれをかけて、髪を短く切ってしまうしかない。

家からほど近い美容院に到着すると、「縮毛矯正をお願いしたいのですが」と申し出てみた。すると、お店の人は私の髪の様子を見て、ふむふむとなり、お店の奥に通された。

「ストレートパーマにもいろいろあるのですが、お客様の髪はかなり癖が強いようですので、これがいいのではないかと思います」

とかなんとか言って出された、パンフレットか雑誌のようなものを見ると、そこには、ある力士が写っていた。

曙である。

ハワイから来た力士、曙の髪は、強烈に縮れている。ナチュラルにアフロみたいな感じだったらしい。それでは大銀杏は結えないので、縮毛矯正を試みて、それでなんとか大銀杏を結っている、という話なのだった。

その写真を見ると、わずかにうねってはいるものの、鬢付け油でコーティングされたその髪は、みんなまとまって違和感も（それほど）なく輝いていた。

曙にかかるなら、私にも楽勝だろう！

俄然私は勇気づけられた。打倒、曙だ！と、なんだか意味がもう違ってきているが、とにかく私は、そのモノスゴイ、曙にもかかった縮毛矯正をかけてもらうことにした。で。


確か、手順は今とあまり変わらなかったように記憶している。薬をつけて温めながらしばらく置き、流したあとアイロンでかちかちかちかちかちやり、あっ、耳熱っ！すみません！　みたいな感じで進んでいった。


その間、私は、人に言えない苦しみに悶絶していた。

というのも、後頭部はかなりかぶれているわけである。そこに、薬品を塗られ、熱される。蒸す。かぶれのかゆみは最高潮に達し、こらえがたい苦痛に襲われたのだ。

しかし、私はかゆみのことを口にするわけにはいかなかった。もし、かぶれていることに気づかれたら、施術してもらえないかもしれないではないか。「肌が治ってから……」とかなんとか言われそうである。絶対、断固、そんなわけにはいかないのである。肌が治らないのは髪型のせいなので、肌を治すために今ここに来ているのに、施術してもらえないなんて困るのである。だから、かぶれているという事実は、何が何でも伏せておかねばならないのである。どんなにかゆくても、髪を伸ばして切ってもらわねばならぬのである。

私は耐えた。耐えて耐えて耐えた。

そして、ついに施術は終わった。

短めのおかっぱに切りそろえられた姿は、まあ、まっすぐと言えるほどになっていた。ヌルいストレートパーマしか知らなかった私は「おお、ストパよりいいじゃんか、やっぱすごい」と思ったが、その一方で「やっぱり、おとなしくまとまるというわけではないんだな……」と、少し失望した。

すると、スタッフの方が私の髪を触って「うーん」「これはちょっと……」などと呟き始めた。責任者とおぼしき人と、今までメインで担当してくれていたスタッフとが私の髪の毛をつまんだり引っ張ったりしながら話し合った結果、

「すみません、これ、ちゃんとかかっていないので、もう一度やりなおさせて下さい」

……。何の罰ゲームだこれは。

曙に、負けた（いや、勝ったのか……？）。

で。さらに一時間半、なけなしの根性を振り絞り、繰り返される凄まじいかゆみを耐えに耐えて、最終的に、すばらしい仕上がりのボブとなった。

おおお、すごい！　縮毛矯正！　まっすぐ！　まっすぐだ！　という、ヘアスタイルへの喜びより、正直、強烈なかゆみから解放された喜びのほうが大きかった。

外に出ると、既にとっぷりと暗くなっていたが、縮れ毛とかぶれのかゆみという二つの怨敵から解放された喜びに、帰路、どっぷりとひたったのであった。

第6回 年齢を重ねるということ。〈1〉

20代前半、縮毛矯正に出会い、人生が変わった！　と言いたいところだが、確かに生活のいろんな面は変化したものの、「人生変わった」まで言えるだろうか、とつらつら考えた。

髪型を変えてまず一番期待したいのは、「モテる」ことである。「ちりちりの天然パーマに縮毛矯正をかけてさらさらストレートになったら恋人ができました！」みたいなエピソードを、供給側も需要側も、全力で期待している。しかし、問題はそう簡単ではない（当社比）。

ちりちりの天然パーマのときも大してモテなかったし、縮毛矯正をかけても、やはり、大してモテなかった。

よく考えてみると、私は社会に出てから妙にオヤジ受けが良く、モテてもほぼみんな40歳以上であり、特に、コアなユーザは50代以降だったのである。こうしたオヤジたちは既に、ヘアスタイル云々の世界からは完全に解脱していて、「ふともも」とか「おしり」とか「20代前半の女性である」とか、そういうところに反応するようになっている。いわば、悟りを開いていて、門戸がとても広いのだ。髪がまっすぐかどうかとかは、あまり視界に入っていないのである(個人差はあると思うが)。

ちなみに、これが70代になると、もう「女性の肌の白さ」がまぶしくて仕方がないのだという。無論個人差があるだろうが、とにかくそのお爺さんは、年がいくつだろうと、どんな顔だろうと、女性的な肌の白さがキラキラして見えて、思わずじーっと見てしまう、という告白記事をどこかで読んだ。嘘かほんとかはさておき、妙なリアリティがある。

中学生がドキドキワクワクするシャンプーの匂いから始まって、なんでもいいからとにかく肌の白さがまぶしい、で終わる。女の道は長く険しい。

しかし、若いうちはたぶん、ヘアスタイルで恋愛もかなり変わる。

私が唯一「髪型で男が変わった！」と思ったのは、うんと若い頃に数年つきあった相手のことである。

その頃、私は縮れ毛を長く伸ばして、編んだりまとめたりしていたのであるが、あるとき突然思い立って、おかっぱくらいの長さにしてみたのだ。いわゆる「ボブ」である。しかし「ボブ」と呼ぶにはボブに申し訳ないくらいの、なんだかよくわからない、すごく成育の良いマツタケのような感じになった。しかし、雰囲気はこれで、だいぶ変わった。

すると、彼氏の態度が、なんか少し変わったのである。特に「かわいいね」とか「似合う」とかいう文化的な反応はない。しかし、いわば、生き物として活性化したのである（具体的にはご想像にお任せする）。

最初は「どうしたのかなこの人、ウナギでも食べたのかな」と思ったのだが、そうではなかった。おそるおそる「あの、それは、髪の毛のせい？」と聞くと、女学生のように頬を赤らめて「うんうん」と頷いたのだった。

なんと。

髪型ってすごい、と思い、さらにあれこれ聞いてみると、次のようなことがわかった。つまり、「いつもとは違う女性とおつきあいさせて頂いているような気がする」というのである。

ずっと同じ女とつきあっていたのに、髪を切ったらなんか、新しい女の子みたい！となって、身体がそれに正直に反応したのだということだった。


男性は本能的に、たくさんの遺伝子をたくさんの女性に残そうとするというハナシを、よく聞く。さらに、人間の恋愛感情は四年で消える、というような話も聞いたことがある。

相手がどういう人かとか、努力したかどうかとか、そんなこととは関係なく、恋愛感情そのものに「飽き」はセットされているのである。なんと切ないことだろう。

しかし、そのときの私は運良く、「ずっと長かった髪を、一気に切り落としてみた」ことで、彼の、生き物としての「そろそろ新しい女に取り替えたい」という、意識にのぼらなかった（かもしれない）衝動をすくい上げることができたのである！

……とはいえ、彼とはその後しばらく続いて、四年を待たずに終わったので、この説も正しいかどうかわからない。だが少なくとも、「ずっと同じスタイルを保ち、ある日突然変えると、男ゴコロを活性化することができる」可能性は、高いのではないかと思う。

人間は「社会的動物」である、と言われる。恋愛も、他者との関わり、という意味で、社会的な行為である。

そして、ヘアスタイルには、「社会的な記号」がたくさん含まれている。髪型や色で、世代や社会的な地位、性別、考え方や嗜好までを、なんとなく表現できてしまう。人は自分の社会的地位をヘアスタイルで表現し、他者の社会的地位を無意識に、髪型から読み取る。昔はそれが非常に厳密で、結い方一つで年齢のみならず、職業から既婚・独身から、みんなわかってしまった。今でも、モヒカンにしたら「ヤンキーかロッカーかな」と想像される。中高生の女の子が黒髪をきちんと縛っていたら「まじめなイイコ」と評価される。日本髪に結っていたら芸者さんか結婚式だろうと思われるし、「おばさんパーマ」に至っては、「おばさん」とありていに名前がついている。実際のその人のナカミは髪型のイメージ通りではなかったとしても、見た人は「たぶんそうなんだろうな」と感じるのだ。ある種の髪型をしていれば、就職試験に合格しない場合もある。最初から恋人候補に挙がらない場合すらある。坊主頭を「坊主」というのは、それが古来、お坊さんという社会的立場を象徴するからである。

そんなわけだから、髪型が変わったことによって「人物が変わった」というメッセージをそこから受け取っても、ある意味、おかしくはない。

第7回 ナルシシズムの迷宮

つい先週、ストレートパーマをかけてもらいに、吉田さんとこ（横浜のglam:UNITED WORKS）に行ってきた。前回、かなりばっさりと切ってもらってとても良い具合だったので、今回はさらにもう少し短くしてもらおうと、気合いを入れて行った。
「前回どうでした？」と聞かれたので、「すごくよかったです、もう、部屋が散らからないし！」と答えた。すると、ちょっと微妙な感じで、「そうですか、じゃあよかったです、マルセル読んだんですけど、なんかよくわかんなかったので……」と返ってきた。

そうだ。この連載、三つ前くらいの号で、吉田さんとこに行って髪をばっさりやってもらったことについて、書いたのだった。しかしそこでは、自分のヘアスタイルが気に入ったかどうかということについて、あまりハッキリ書いてはいなかった。「いや、あまり持ち上げてるみたいだと、はやりのステマみたいじゃないですか……」「あ、そうですね」みたいな感じでこの会話は終わった。

しかし。

この「非常に気に入ったのに、うまく褒めることができなかった」ということについては実は、もっと深くて暗い溝があるのだ。

前述の「部屋も散らからないし！（↑ほんとう。ロングヘアの頃に比べて、不思議なくらい部屋に髪の毛が落ちてる率が下がった）」という褒め方は、ハッキリ言ってどうかしている。ヘアスタイルがキレイとか、かわいくなってうれしいとか、誰かに褒められたとか、そういうのが「成果を評価する」言葉だろう。短くしたから毛が抜けなくなって部屋がきれい、ってどういう褒め方やねん。

たとえばこれが、レストランで出てきたオムライスとか、プレゼントされたチョコレートとかならば、まず間違いなく大絶賛できる。シェフやショコラティエに面と向かって「すごくおいしかったです！　ゆかり感激！」って言えるのである。世の中にはそんなふうに褒めるのが「ちょっと苦手」な人がむしろ、多いと思う。私はそういう意味では、比較的人を褒めることが得意な人間である。

が。

髪の毛となると、これはかなり、話が難しくなってくる。

というのも、髪は私にひっついているのである。髪型イコール、私の見た目のことである。この二つは、不可分である。

つまり「施術してもらったその成果を褒める」ことは、なんとなく、「自分の容姿を褒める」ことにつながってしまうのである……！

私のように、見た目残念を自覚して受け入れている人間にとって、「自分の容姿を褒める」なんて、畏れ多くて、できないのである。ブスはしばしば言われる。「どんなに化粧しようが、良い服を着ようが、ブスはブスであり、無駄な努力」と。私も人生の中でしばしば、そのような心ない真実の声を耳にしてきた。

であるから、自分の容姿については、穴を掘ってアルゼンチンに到達せんばかりの勢いで、謙虚でありたい、と思っている。

すると、髪の毛をキレイにしてもらっても、「わあ、きれいにしていただいて、ありがとう！」と言うことが、難しくなってしまうのである。「きれい」なのは髪型であって、自分ではないのだが、それをストレートに表現することは、限りなく高度な言語能力を必要とする。

自分を褒めずに施術を褒める。

これが至難の業なのである。


美容師さんのお仕事を絶賛するのが上手な人もいるんだろうと思うけれど、私みたいな人も結構、いるんじゃないかと思う。「きれいにしてくださってありがとう！　髪を！　あくまで、髪をね！　ナカミはキレイどころじゃないけどね！　スマン！」と言いたいのである。心の中ではそう言っているのである。

そんな切ないオトメゴコロをどうか、洞察して頂きたいものだと思う。


こうした事情と同じラインに「『鏡の中の私』問題」というのがある。

これは、鏡の前に座っているとき、「どこを見れば良いのか」という問題である。座って身動きできない状態で、正面を向いていなければならない。目の前にはでっかい鏡がある。その鏡には、必然的に自分の姿が映っている。

で、どこに視線を注げば良いのだろう……と、長年、思い迷ってきたのである。

もし、自分の顔をじっと見ていたら、なんかナルシストみたいではないか。そういうのって、恥ずかしいではないか。いつまで見ていても飽きないほど美しい顔だったらまだしも、全然そういうわけではないではないか。

では、施術してもらっている、その手元を見つめていたらどうだろう、と思ったが、自分自身のことを省みるに、仕事してる手元をじーっと見られてたら、なんかやりにくいんじゃないだろうか。かといって、他に見るものもない。

雑誌を見ればいいようなものだが、私はど近眼で、眼鏡ナシでは顔に相当雑誌を近づけないと読めないのである。


で。

先日思い切って、施術してくれている若い男性スタッフに聞いてみた。

「普通、お客さんって、こういうとき、どこを見てるんですか?」

すると彼は、「そうですねー、やってる手元とか、あと、目をつぶってる方も結構多いですね」と言った。

そうか、目を閉じていればいいのか。

確かに、疲れてるときとかは私も、寝ちゃうもんな。

目を閉じて迷走、違った、瞑想していれば、心も清らかになったり、落ち着いてきたりするのかもしれない。

だけど、ガチで寝ちゃって、がくっ、がくっ、となったら、やはりやりづらいのでは……など、一抹の不安が残ったが、次からは目を閉じていようと心に決めた。

やはり、謎に思ったことは、素直に聞いてみるもんだなと思った。

第8回 変身願望の果て

先日、お世話になっているWAVE出版さんの創立25周年記念パーティーに出席してきた。それもなんと「主賓」の一人として招かれたのだ。スピーチもお願いします、とのことだった。

パーティー。

そんなもの、ほとんど出たことがない。

思い起こせば22歳くらいのとき、バイト先の会社の10周年記念パーティーに、スタッフ的な感じで参加したことがある。が、服装は普段着だったし、メイクもした覚えはない。記憶にあるのは、「ビアタンのビールをストローで一気飲み競争」に参加して見事、一位を獲得し、賞品として靴磨きセットをもらったことくらいである。それ以外は、結婚式も二回しか出たことないし、それもごく内々のものだった。

そんな私が、偉い人がたくさん集まる出版社のパーティーの主賓なんて、ありえん、どうすればいいかワカラン、と思い、脊髄反射で招待状の「参加」の上に二重線を引いて直し、「参加できません」と書こうとした。

しかし。

私はふと、手を止めた。

こんなふうに、いろんなことから逃げ回っていていいのだろうか。仕事の場を与えて下さる出版社の皆様があってこそ、私は書き物をして生計を立てていけるわけではないか。こういうとき、ちゃんと謝意を示さないでどうする。

卒然としてそういう気持ちが胸に湧き上がった。

勇気を出して、出てみよう。

そう思うに至った。


パーティーであり、主賓ということなのであるから、ちゃんとした格好をせねばならないで。

らない。こうしたパーティーや式典などでは、「華やかな格好をすることが、相手への礼儀や応援になる」のである。自分のための服装ではなく、限りなく「相手のための服装」なのである。

こういうときこそ、着物を着るしかない。

私は一枚だけ、ちょっといい着物を持っている。知人に染色と織物の作家がいて、ごく気軽に展覧会を見に行ったところ、いつの間にか和服一式を買うことになっていたのである。会場は銀座のど真ん中の呉服店であった。帯から襦袢からすべてひっくるめて、軽く車が一台買えるくらいのお値段。おそるべし、銀座。

だがこうなってみると、買っておいて良かった。白い着物で、非常に華やかである。これに金糸の入った淡い水色の帯を締めることにした。

会場は東京なので、着付けはホテルで頼もう。そう思ってメールで依頼すると、「ヘアメイクはどうしましょう」と言われた。

ヘアメイク……。

生まれてこの方、一度もお世話になったことがない。しかし「パーティー」なんだから、すっぴんではそれこそ「失礼」なのではなかろうか。そう思って、そちらも頼むことにした。

いつもは着ない着物を着て、ヘアメイクを頼む、なんて、これはもう「変身」ではないか。ひみつのアッコちゃんやクリィミーマミの世界ではないか（古っ）。「眼鏡を取ったら美少女」という鉄板の少女マンガ設定からキューティーハニーに至るまで、女の子はとにかく、変身したいのである。「ホントウの自分はもしかしたらちがうんじゃないか」という気分があるのである。一時の「前世」ブームも、「本当の私はこんなもんじゃないのではないか」というオンナゴコロの根深い疑いにヒットしたものに違いない。アンチエイジングも、ダイエットも、「本当の私はこうではない」という消しがたい思いに深く根を張っているのである。

私の中ではほぼ、死に絶えていた、そうした少女の変身願望が、ここに至ってふつふつと頭をもたげた。もしかして、すごく綺麗になったりして（爆）。

というわけで当日、ホテルに到着し、ヘアメイクと着付けをしてもらうことになった。担当の方は60がらみのきびきびとした女性で、キャリーケースから山ほどの道具を取り出して広げ始めた。私は本気のメイク道具というのを初めて見た。そして、マスカラやアイラインがこんなに辛く苦しいものだということを初めて知った。眼球のキワキワに、筆を入れたりブラシを当てたりするのである。さらには、ホットカーラーでまつげをぐいぐいとやるのである。「殺す気か！」と叫びそうになるのを懸命にガマンした。あの辛さは、歯の治療と大差ない。終わったときは心底ホッとした。一時間半ほどでようやく仕上がり、私は眼鏡がないと何も見えないので、すべて終わった段階で初めて、自分を鏡の中に見た。

確かに目がでかくなっている……しかしなんか、髪がタワシみたいな部分があってちょっとヘンなような……そして眉毛が元々濃いのがさらに濃くなっている……これは、どうなんだろう……。

と、微妙な気持ちになった。やはり、変身なんかできないんだ、素材は素材なんだ。カモメはカモメなんだ（違）。と諦めたが、美人かどうかはさておき、華やかにはなった、と思った。担当の方は着付けをしながら「これは、非常にイイ着物だ」と何度も言ってくれた。たぶん誰にでも言うのかもしれないが、それでも、詳しく褒めてくれたので、なんとなく心強い感じがした。

二、三百人が参加したパーティーは賑々しく盛会であった。私は帯の苦しさに息切れしながらもなんとかスピーチをクリアし、多くの方に着物を褒めて頂いた。「素敵なお着物ですね！　いつも着られるんですか？　自分で着るんですか？」「いえ、これしか持ってなくて、着るのも二度目です、自分で着るなんてとんでもない！」という受け答えを50回くらい繰り返した。

この間、「いい着物」であり、作ってもらった髪型とメイクであり、ということが、私を支えていた気がする。自分より遥かに社会的地位の高い方々を前にして、もし、どうでもいいような格好をしていたらきっと、とてもビクビクオドオドしていたに違いない。逃げ出したくなっていたに違いない。

「主催者や列席者のための装い」だとばかり思っていたのに、結果的には「自分を守り支えてくれる装い」になっていたんだな、と思った。

「変身もの」に出てくる女の子たちの「変身」は、そういえば、難問や敵と戦うためのものだったな、と思い出した。ビジネスマンはしばしば、スーツを「戦闘服」と言ったりするが、この日の私の和装はまさに、頭のてっぺんからつま先まで、甲冑のような役割を果たしてくれたんだ、と思った。

第9回 年齢を重ねるということ。〈2〉

読者の皆様がこれを読まれている頃、私は恥ずかしながら38歳になっているはずである。もうほとんど40歳である。なんだか不思議な感じがする。体感的にはまだ27歳くらいの気分なのだが、もう10歳以上も追い越してしまっている。

思い起こせば、34歳くらいから「だいたい35歳」で「それを四捨五入すれば40歳」の意識を持った私は、卒然として「これまで通りの髪型では、まずいのではないか」と思うようになった。年に三、四回通う美容院でも、最初に「今日はどうしましょうか」と聞かれたとき「前回と同じような感じで」と答えるたびに、心の中で「前回と同じでいいのだろうか……それは、若作りではないのか」と呟いていた。否、心の中だけではなく口に出して「でもこれって若作りじゃないでしょうか」と聞いてみたりした。

しかし、そんなこと聞かれたって、美容師さんにしたら「そんなことないですよ」と言うしかない。「そうですね、若作りかも」とか「そんな髪型は、若い人のものですよ」とかは、言えないだろう。お世話になっている吉田さんも、「そんなことないんじゃないですか」と半笑いで言う。この半笑いの意味は、イマイチ読めない。たぶんほんとにおかしくなったらそう言ってくれると信じているが。

若作りかどうか。

他人のことなら、一目瞭然である。

街を歩いていても「あの人、年相応にしたらもっと素敵なのに……」とか思うことがある。

しかし、自分のこととなると、これがなかなか、わからないのである。昨日の自分と今日の自分はほぼ、変わらない。明日の自分と明後日の自分も大して、変わらない。人生はこれの繰り返しなのである。ある日突然自分が変わるということはない。

だから「昨日と同じような格好」を続けようとする。これが長年続いたところで、年齢と身なりのギャップが生まれてしまうわけである。まるで、忍者が筍を飛んで修行するように、自分の容姿の変化もまた、日々ほんとうにわずかなので、人から見たら「あきらかにムリのある格好」も、全くムリをせずにできてしまう場合があるわけである。

とはいえ、体型の変化などは、さすがに気がつく。スカートやパンツが入らなくなるし、今まで出っ張っていなかったところが出っ張り、逆に、肉付きが良かった部分が削げてくるのであるから、これは「服」というものとの対話で「ああ、なんか数年前とはもう、ちがうんだな」とわかる。

しかし、「髪型と顔」は、これは難しい。年取って髪型が「入らなくなる」とかはないわけで、似合うか似合わないかしかないのだから、自分ではよくわからないのである。

先日、インターネットであるサイトを眺めていたら、「ロングヘアが許せる年齢の限界」のようなものを論じたサイトがあった。何歳までストレートのロングヘアが許されるか、という議論である。

確かに、年取った女性がストレートロングというのは、なかなかお目にかからない。後ろ姿が黒髪ストレートロングだったら、振り返れば妙齢の女性であろうと想像してしまう。

では、何歳まで「アリ」なのか。

その記事では、「30代前半」「40代までがリミット」などと書かれていた。

試しに「ストレート　ロング　年齢」でググってみたら、「30代のロングヘアはありでしょうか？」「ストレートロングは20代までと言われたのですが」「50代の知人のストレートロングが苦になります」などの相談が書かれた掲示板サイトがずらっと出てきた。

私はつい数か月前に、ストレートロングをばさっと切ってみたのだが、「ずっと伸ばさないぞ！」と決めたわけではない。また伸ばしていれば元に戻るんだな……程度の気分でいたので、この検索結果にちょっとひるんだ。日本では、ストレートヘアのままで年を取ることは、萬田久子にしか許されないのか。

白髪が増えたり、毛が薄くなったりして、物理的にストレートロングは難しい、ということはある。しかし、毛も抜けないし白髪も染めれば目立たない、という感じの人だったら、きっと「昨日までの私と今日の私の差はそんなにない」という感覚のまま、結構な年齢までいってしまうこともあるだろう。

しかし、それは「不自然だ」というのが、世の中の感覚なのかもしれない。

ストレートにする以前、吉田さんのところに通い始める前に、一年ほど、デジタルパーマをかけてみたことがある。確かあれは、30歳前後だったと思う。元々くせ毛なんだから、言うことを聞かない部分にくるくるパーマをかけてしまえば、全体が「ふつうのパーマスタイル」になり、さらに、伸びてきても気にならないのではないか！という仮説を立てたのである。

既にかかっていたストレートパーマの部分を大きく巻いてもらい、かなりハデなヘアスタイルができあがった。鏡の中の自分を見て「熟女になってしまった」と思った。

このパーマをかけたあと、所用で不動産屋さんに行ったのだが、若い男性スタッフの応対に受け答えする自分の言葉遣いが、なんだかいつもと違うことに気がついた。たとえば「トイレとお風呂がセパレートの部屋はありますか？」と聞くところが「セパレートのはあるの？」になる。「敷金はいくらですか？」が「敷金はいくらくらいなの？　ちょっとそれ見せて」となる。

なんか、おばちゃんっぽくなってるオレ！

と自覚しつつも、おばちゃんモードは止まらないのだった。

あとで「髪型が変わったから自分の気分が変わったのだろうか……」と考えたが、今にして思えばたぶん、男性スタッフの対応が「おばちゃんへの対応」だったのではないかという気がする。人は、扱われ方によって、振る舞いが変わってくるのである。よく言われるように「王様として扱われていると王様らしく振る舞うようになる」という、アレである。

髪型によって熟女化した結果、私は一瞬でおばちゃんになったのである。恐るべし、ヘアスタイル。

その後、なんやかんやでストレートに戻したのだが、「学生さんだと思った」「生活感がない」などと言われる。

髪型って、コワイ。

第10回 自虐癖。

先日、縮毛矯正をかけに吉田さんとこに行ってきた。

たいてい、人前に出るイベントの直前に合わせて予約するようにしているのだが、今回は「写真展で在廊」の前にした。

銀座にあるリコーのギャラリー「RING CUBE」所属のボランティア企画集団が、私に「写真のキャプションを書いてほしい」と依頼してきたので、それを受けたのだ。写真はもちろん、私が撮ったのではないが、文章は私、ということで、二、三日画廊に滞在することにした。

実は以前も似たような企画展をやったことがあって、そのときは、朝から晩までひっきりなしに「本にサイン」をしていた。お客様が私の書いた本を持ってきて下さって、私がそれにサインをするのである。

ハタから見たら、ちょっとしたサイン会に見えるだろう。何百人かのお客様にお目にかかって、挨拶し、ちょっと雑談したり、サインしたり、握手したりするのである。

女性は、かなり相手の髪型や服装をチェックしているものだ、という話を聞く。イベントをやると確かにあとで、「服が似合っていましたね」とか「もう少し明るい色の服をお召しになったらどうでしょうか」とか「もう少し眉毛を細く淡く描いたほうがイイですよ（別に描いてない。自前）」などというご意見を頂く。

イベントを頻繁にやるようになる以前は、「別にアイドルや女優じゃないし、誰も私のカッコなんか見てねーよ」と思っていたが、全然そうじゃないことが、回を重ねて、よくわかった。

というわけで、横浜は新高島まで、今回も出かけて行ったのだった。

吉田さんはこの連載を読んで下さっているらしく、たまに微かに内容にツッコんでくる。今回は「あんなに、自虐的じゃなくてもいいんじゃないですか」と軽く笑われた。

おそらくこれは、第7回の「美容院に行ったとき、仕上がりが気に入ったとしても、それを褒めると自分の容姿を褒めるようなことになってしまうので、褒めることができない」発言を受けたものだと思われる。

これは特に意識して自虐的になっているわけではなく、本気でそう思っているだけなのだが、確かに、「そこまで自分の醜さをあげつらわなくても……」といううっとうしさ、ウザさがあることは、自分でもうっすらわかる。


このことを考えていて、ぼんやりと思い浮かんだのが、かねがね美容院や洋服屋さんに行くときに感じていた、一種の「すれちがい感」だ。

まず、私には様々な身体的・容姿にまつまるコンプレックスがある。

このコンプレックスをなんとかして覆い隠したりごまかしたりする手段を探しに、美容院や服屋さんに行くわけである。

だが、私が「足が太い」とか「腕が太い」とか「腹が出始めた」とかいう悩みを吐露したとして、美容師さんや店員さんが「たしかにそうですね！」と言うのは、事実上不可能に近い。

しかし、当方としては、まず当方の欠点を理解してもらい、さらにそれをカバーしたり目の錯覚でごまかしたりする服を提案してもらわなければならないのだから、欠点に関してある程度「そうですね」という共感が得られないと困るのだ。

美容院でもそうで、「もう年かしら」とか「あたまのてっぺん薄いですよね」という話について「そんなことないですよ」と一蹴されてしまったら、そこから「対策」を一緒に考えてもらうことが不可能になるのである。そこで話が終わってしまって、問題が解決しないのである。

しかし。

人間はどんなに自分で「自虐」しようとも、人から同じことを言われると軽く、あるいは深くショックを受ける、という、妙な心理を持ち合わせている。だから、「足が太くて」とか「二の腕がたぷたぷで」とか自己申告したとしても、「いや、ほんとですね！　まったくですね！」と言って欲しいか、というと、微妙にそこは、アレだったりする。

さらに言えば、店員さんは日々様々なお客さんに接しているわけで、その目で見れば「いえいえ、もっとヤバイ人がいますよ」という感じがしたとしても、おかしくない。

私自身、読者から疑問や相談を寄せられる際「私おかしいんです、こうでこうで」と言われると「いえいえ、もっとスゴイ人もいます、貴方はちっともおかしくないです」という気分になることが、時々ある。「そうでもないですよ」が、あながちお世辞ではない場合もあるわけだ。

「気になっている」ことは、誰から見てもそう、という場合と、本人だけが気にしている場合とがある。前者はプロの目には一目瞭然で説明する必要もないだろうが、後者は自分から説明して気づいてもらわなければ、わかってもらうことができない。

とはいえ、吉田さんにはなんとなくわかってもらっている気がするし、だからこそ通うようになったのだろうと思う。でも、私がそのように努力したかというと、そうでもない。そこはプロのウデということなのだろうか。

美容院やブティックにおいては、自分がどこか「ドックに入ってきた、長旅で傷ついた船」のようだなと、時々思う。見知らぬ「お客様」として「サービス」してもらう場所というよりは、傷ついた箇所を見抜いて修理してもらう場であれかし、と思うことがある。「美しくしてほしい」というよりは「この間違った容姿を、なんとかまともなものに近づけてほしい」というニーズが、心のどこかにある。ゼロからプラスにしたいのではなく、マイナスをせめてゼロに近づけたいだけなのだ。

今回、吉田さんにつくってもらった髪型は、たいへん評価が高かった。

何度もイベントに来て下さっているお客様も、結構いらしたのだが、「以前より美人になった」とお褒めの言葉を多く頂いたし、展覧会に来て下さった本連載の担当編集者・奥さんからも絶賛された。髪型というのは、即、人の印象に結びつくのだな、と改めて思った。つまり、私が人に与える印象は、美容院で作られたのであった。

本を書いてそれを気に入ってもらうことを商売としている私にとって、たぶん「人としての印象」だって、とても大切なものだ。写真を出したりはしていないけれども、やはり会いに行ってぼさぼさした雰囲気だったら、コンテンツへの評価だって、ちょっとは下がるのではないだろうか。いくらおいしくても掃除が行き届かない店では流行らないのと同じだ。

というわけで、美容院での支払いは、今回も堂々と経費に計上したいと思う。

まる。

第11回 お薬万歳。

この連載ももう残すところあと二回となった。

ファッションにも化粧にも、当然ヘアスタイルにも、「ヘンだろうか、ヘンじゃないだろうか」程度の消極的関心以上のものはない私が、12回もこれだけのボリュームのコラムを書くという点でかなりムリがあるわけだが、何事もやってみればどうにかなるものである。

世の中には「これ、できますか」と言われたとき、
（1）必ずできるという自信がある場合のみイエスと言う
（2）経験も自信も知識もないがとりあえずイエスと言う
の二種類の対応があるが、私はどちらかと言えば後者に属する。

前者はプロで、後者はうっかり君である可能性が高いわけだが、それでも、人生を切りひらいていこうとしたときには、後者を選ばなければならないこともあるだろう。

閑話休題。

ファッションにもコスメにも興味はない、と書いたが、確かに「もっとかわいく」「もっとオシャレに」という興味関心はなかった。

しかし「このへんな縮れ毛をどうにか普通の清潔感の感じられる状態に変えられないものか」という関心は、むしろ、人の50倍ほどもあった。

なので、特に色気づいた高校生から大学生、20代前半くらいまでは、いろんな道に迷い込んだ。

まず『買ってはいけない』。私が大学生くらいのときにこの本がとても流行した。これを読んで、普通なら「添加物はイカン！」みたいな感じになるのだろうが、私はそこをカンチガイした。「石けんシャンプーって、縮れ毛に効かないだろうか」。縮れ毛で一番辛いのは、もわもわと膨らむことである。美しく規則的にうねるのではなく、一本一本が勝手に、ばらばらに、たわしのように膨らんでいく。これが美しくないのである。

膨らみを抑えてくれるシャンプーやトリートメントはないものか、と、私はその頃必死になって探していたのである。コスメショップを見るとすぐにシャンプー売り場に向かい、見慣れないボトルをひっくり返して、成分表示を確かめる。自分なりに、これはダメだとかアレは効かないとか、結構なお金をはたいて自分を実験台に、経験則を積んだ。スーパーで売っていて、テレビＣＭが打たれているようなシャンプーは「直毛の人専用」だと思っていた。縮毛の私には、植物物語だのエッセンシャルだのは関係ないのだと思っていた。

思うに、女子は「薬品」に弱いところがある。

世に言う「ジンクピリチオン効果」である。なんだかわかんないけどすごそうなものが「入ってる」、だから「効果がある」。

この、魔法のような「薬効」を、女子は大変好む傾向があるように思われる。ヒアルロン酸、トラネキサム酸、コラーゲン、グルコサミン、デトックス、等々、なんでも構わない、こういう「内容を知っているわけではないが良さそうだと言われている何か」に、女子は安易に飛びつく。

これはどうしてなのだろう。

古来、毒殺魔というのも、女性が多い。良くも悪くも、薬を調合し、薬を盛り、何らかの効果を得る、ということが、女性の心にどうしてこれほどすんなりはまり込んでしまうのかわからない。

男の人がごく幼いうちから電車や車を好むのと、この、女性の「薬好き」は、なんとなく似ている気がする。遺伝子に書き込まれているような気がする。

最近は「添加物ナシ」「化学薬品は入っていません」などの表示が好まれる。しかしこれとて、やっていることは実は同じである。

つまり「化学薬品の代わりに、天然の特別な何かが入っているのだろう」というわけである。「何か不思議な特別なものが配合されている」のに変わりはない。

かくいう私も、いろんなものを試した。

一時期、ヘナにはまった。髪の毛をしっとり落ち着かせる効果があるというし、縮れ毛が光に当たって赤みを帯びるというのだから、「ふんわり自然」に見えるかもしれない、と思ったのだ。

ヘナはものすごかった。ボウルの中で悪魔のような緑色の物質や水、ヨーグルト、油などを練り練りし、その練り物を髪の毛にミシミシと塗りつけて、ビニールキャップをかぶってぼんやりしていると、畳のような匂いの中で、少し酔っぱらった感覚に陥る。あれは気持ち良かった。

あと、ガスール。石の塊を水で溶かして、これで頭をこするときれいになる、というアレである。少量の水を加えてドロドロになったそれを、頭にこすりつける。そして流す。風呂場は海水浴帰りのようになる。

石けんシャンプーと酢リンス、椿油のコンボというのもやった。風呂場がべとべとになって、往生した。

どれも最初は「いい！」と思ったのだが、しばらくしてそれは「気のせいかも」というところに着地した。

とにかく、縮れ毛にずっと縮毛矯正をかけ続けなければならないということが、足枷や牢獄のように思われて、さらに、毛が抜けて頭が薄いのに、ぐいぐい髪の毛を引っ張る施術が怖ろしくもあり、なんとか縮毛矯正をしないで済む方法を、という、涙ぐましい努力がこれらの「薬品ブーム」だったのである。

いつの間にか、こうした「薬品ブーム」は終わり、年に三、四回横浜まで通って、縮毛矯正をしてもらうというところに落ち着いている。

しかし、もう少し頭のてっぺんのはげ具合がやばくなってきたら、私はどうするのだろう。植毛するのだろうか。それとも、かぶるのだろうか。

未来は決して、明るくはない。

いや、ハゲという意味では、明るくなっていくのか……。

悩みは尽きない。何かいい薬はないのか（堂々巡り）。

第12回

信頼。

女性は「キレイになりたい」もので、かわいいモノが好きで、ファッションに興味があり、自分に対して手間暇をかける。誰に教えられなくてもそうする。少なくとも、女性ファッション誌には、そう書いてある。

でも、その一方で、私のように、自分の容姿に暗黒なコンプレックスを抱き、ヒト科のメスに生まれたことを呪い、ファッションだのカワイイだのから遠ざかって隠者のように生きたいと願う一派もいる。それを主に、この連載で主張してきた気がする。

だが、本当に一切、見てくれに興味も自信もないのなら、思い切って丸刈りにでもしておけばいいのである。いつも同じ格好をしておけばいいのである。太ったとか痩せたとか、髪が縮れてるとか、そういうことで悩む必要はないのである。うっちゃっておけばいいのである。

なのに、なんだかんだ言って、髪の毛を落ち着かせようとしたり、なんとかマトモに見せようとしたり、四苦八苦している。シャンプーやらへアクリームやらの効き目に一喜一憂し、髪の長さがどうだ、てっぺんの薄さがどうだと足掻いている。

いくら口では「カワイイとかに興味はない」と言っていても、心の奥底では、「もしかしたら私も」と思ってしまっているから、そうなるのではないか。そういう卑しい未練がましい生き物が自分なのではないか。

本当は、美しくなれればいいのに、と思っている自分がいて、だからこそ、こんなふうに連綿と、いじましく書き綴ってきたのではないか。

美容師さんというのは本当に大変な仕事だ、とつくづく思う。

女性の「美しくなりたい」「愛されたい」という前向きな願望だけならまだいい。私の綴ってきたような、暗黒コンプレックスや美しい女性たちへの恨みつらみ、自意識過剰や自己憐憫やプライドなどを、実にいろいろな形で、美容師さんたちは受け止めてくれているのである。

私自身は経験がないが、時々、「美容院で泣き出した」という話を聞くことがある。

髪型が気に入らなくて、仕上がりを見て泣き出してしまう。あるいは、前髪の切り方が気に入らなくて、ハサミを貸してもらって自分で切り出す、などの逸話を、当事者から聞いたこともある。

髪の毛に触っていることが、イコール、その人の心に直接触っているようなものなのだ。こんなデリケートな仕事があるだろうか。

気に入った髪型や、期待以上のスタイルに仕上げてもらったとき、私たちは日々を過ごすための強力な防具や武器を授かったことになる。なんだかんだ言って、人は人を見た目で判断する。人の見た目が変化するということは、それだけで一つの社会的な力だ。その力を最初に、最も敏感に感じ取るのが、「当の本人」である。

これは、ほんとうに、ありがたいことである。


先日、ある公開イベントがあったのだが、そこに、思いがけなく高校時代の同級生が会いに来てくれた。ゆうに20年ぶりの再会である。言葉が出ず、思わず立ち上がって涙してしまった。

そのとき、彼女が私に「お互い伸ばしてるねー」と言った。

そう、高校時代、彼女も私に負けず劣らずの、バリバリの天然パーマだったのである。それが今や二人とも、ストレートパーマでまっすぐになっていた！
なんだかおかしくて、笑ってしまった。

大袈裟なようだけれど、ストレートパーマ、縮毛矯正の技術は、少なくとも、私の心の中のなにごとかを救ってくれた「魔法」だった。

ごわごわ硬く、もじゃもじゃ膨らむ縮れ毛を、10代の私はどんなに恥ずかしく悲しく思ってきたことだろう。つやつやの、真っ黒な直毛の同級生たちを見るにつけ、なぜ自分だけがそうでないのか、不思議で仕方がなかった。10代の女の子は、未来に向かって恋をしていかなければならない。けれども、どうにも言うことを聞かない醜い縮れ毛は、私に様々なことを諦めさせた。

20代になり、縮毛矯正に出会い、それまであれだけ苦しんできた悩みから嘘のように解放された。自分の「異様さ」を構成していた要素の一つが、見事に消えたのである。私は縮れ毛で目立つことはなくなった。「普通」になれた。これは素晴らしいことだった。

しかし、その後も「自分のものではない直毛」とのつきあい方に悩むことはあった。道は、まっすぐではなかった。

で、今、そろそろ40代にさしかかろうとしている。これからおばさんになり、おばあさんになっていく私は、どういうふうに「見られる」べきなんだろう、と、折に触れて思う。どんなふうに年を取っていけばいいのか、どういうふうに自分で自分の年齢になじんでいけばいいのか。

私は、どんなふうに自分を作っていけばいいのだろう。

私は、いつまで縮毛矯正をするのだろう？

これは、私の「弱み」に関する問題だ。

美容師さんにこういう質問を遠回しにでもぶつけるということは、自分の弱みを美容師さんに預ける、ということを意味する。

中途半端に伸びた醜い縮れ毛がもわっとした状態で美容院の椅子に座るとき、手足にケガでも負ったように、私たちにはもう、なすすべがない。病院で治療を受けるのと同様、私たちは開いてしまった心の傷口を、縮毛矯正で縫い合わせてもらっている。感謝の言葉を発しなくても、伏し目がちでも、真実「救われている」人が私以外にも、たくさんいるはずだ。

そういうふうに考えてみると、本当に、日本中の美容師さんにお礼を言いたいような気持ちになる。

私は、美容師さんというのは、実に尊い仕事なんだ、と思っている。

「美人」の条件

Webサイト『THREE TREE JOURNAL』
2014年3月〜2015年1月まで隔月で連載

プロローグ

私は主に、星占いの記事を書くことを生業《なりわい》としている。

星占いの記事の多くは、女性向けのファッション誌に掲載される。

ゆえに、最近では化粧品や美容関係のメーカーさんなどから「PR誌に、美についての記事を書いて頂けませんか」というご依頼を、よく頂くようになった。

が、私は「美」について、何も知らない。

かつて美少女だったことも美女だったこともなく、常に「男に生まれていたらどんなに良かったか」と思いながら、自分の女性性と無益な戦いを続ける半生を送ってきた。そのため、美容とかお化粧とかいうことについて、ほとんど知識がないのである。したがって、「美についての記事を」とのご依頼には、「美のことは全然わからないので」とお断りするほかなかった。

しかし。

「美」とは、いったいなんなのだろう。

このことは、職業上、イヤでもたまに、考えざるを得ない。

というのも、星占いは主に、「悩める人々」のものである。

悩みや迷いのないところに、占いは（ほとんど）必要ない。

多くの悩める女性たち、否、性別を問わず、愛に悩む人々が「美しくなりたい」という問題意識を抱えている。美しくなれば、人から愛される。自分は美しくない、だから、愛されない。この痛烈な悩みは、大昔から途絶えることがない。

一方で、美しい容姿を持つことで悩んでいる人もいる。多くの人を惹きつけることから生まれる悩みは多いらしい。嫉妬、無視される人間性、望まぬトラブルなど、美貌が人間関係に影を落とすことは珍しくない。実際、素晴らしい美貌の持ち主が、必ず愛されて幸せになっているかというと、そうでもない。むしろ、「薄幸の美女」という表現があるが、壮絶な転落の人生を辿る例も多々ある。

美と幸福、美と人間関係は、矛盾に満ちた、しかし切っても切れないテーマなのだ。


どんな条件がそろっていれば「美しい」のかは、文化によって異なる。

以前、テレビのある番組で、日本の有名人の写真を数枚フリップに並べ、「いちばん美女だと思えるのはどれか」をモンゴルの人々に選んでもらう、という企画があった。すると、藤原紀香さんなど並みいる美人女優を抑えてダントツに人気があったのは、タレントの山田花子さんの写真であった。

「美」は、いったい何でできているのだろうか。

また、私たちが「美」に求めているのは、どんなものなのだろうか。

このことを考えるとき、その入り口で、必ず思い浮かぶ言葉がある。


「明朗な心と、清新な感覚と、素直な清らかな情熱を老年まで保っている婦人は、たいていは若く見えるものだ。ついでに言うが、これらすべてのものを保つことが、おばあさんになってからも自分の美しさを失わないたった一つの方法である。」

「若さ」と「美しさ」が、全く別のものとして語られている。一般に、「若さ」イコール「美しさ」として語られることが多いが、文豪はその厳然たる違いを見抜き、注意深く切り分けて扱っているのだ。

これはドストエフスキー『罪と罰』（新潮社刊）の中の一節で、主人公の大学生ラスコーリニコフの母、プリヘーリヤ・アレクサンドロヴナの描写である。

彼女はこのとき43歳で、現代的にはまだまだ若い年齢だが、当時の感覚では既に中年から老境にさしかかる頃なのだろう。

このフレーズのあとに、彼女についての描写がこんなふうに続く。

「髪にはもう白いものがまじり、うすくなりかけていたし、目じりにはもうかなりまえからちりめんのような小じわがあらわれ、気苦労と悲しみのために頬はおちて、かさかさになってはいたが、それでもその顔は美しかった。」

白髪、薄くなった髪、小じわ、こけた頬、乾いた肌。

これらは、「美容」の世界では、ほとんど恐怖の的である。

ゆえに、これらを逃れるための手だてがたくさん提供されている。カラーリング、植毛やウィッグ、しわをなくし潤いを保つための様々な化粧品、「内側から美しくなる」ための食事、サプリメント。

しかし、ドストエフスキーが描いたこの女性は、そんな手だては一切なくても「その顔は美しい」と述べられている。

いったい、私たちはそうした顔を見たことがあるだろうか。

そうした「美しい顔」を思い浮かべることができるだろうか。

さらに、彼女の人柄については、こう続く。


「プリヘーリヤ・アレクサンドロヴナは涙もろいが、それもいやらしいほどではなく、気が弱く従順だが、それにも程度があった。」

「……彼女にはまことと、いましめと、ぎりぎりの信念の最後の一線があって、どんな事情も彼女にその一線をこえさせることはできなかった。」


一般に「女性らしさ」に分類される、従順さや涙もろさの一方で、絶対に越えさせられない一線という「頑固さ」が彼女にはあるということだろうか。あるいは「頑固さ」ではなく、「潔癖さ」「節操の固さ」とでも言おうか。または「誠実さ」「信念への忠実さ」とも呼べるかもしれない。

ここでは「変わるもの」と「変わらないもの」の対比が何度も繰り返されている。すなわち、小じわや抜け毛、白髪などで「若さ」は失われる。悲しみや苦労によって、生き生きした明るさは失われる。しかし、その一方で、失われない「美しさ」がある。従順さや涙もろさは運命に翻弄されるが、その一方で、決して越えることのできない清らかな信念の一線は、運命と闘う力として保たれる。

変わるものの中にある、変わらないもの。

この「変わらないもの」の中に、ドストエフスキーは「自分の美しさ」を挙げている。

単なる「美しさ」ではなく、「自分の美しさ」としたのは、なぜだろう。

誰にでも「自分固有」の美しさがあって、いつまでも失わずにいられるのはそれだけだ、ということなのだろうか。

であれば、それはどのように作られるのだろうか。

「内面が清らかならば、外面も美しく見える」というような単純な「因果関係」を想定するのは、乱暴だろう。文字通りの「すがたかたち」の美しさというものは、厳然として、存在する。

しかし、私たちはもう一つのことを、誰に教わりもしないのに直観している。

それは、「『美』は生まれ持ったすがたかたちや、いわゆる『美しくなるための努力』だけでできているものだろうか？」という疑いである。

美は「見いだされる」。

「彼の指先は細く繊細であったのに、彼の爪はつぶれてどす黒かったが、そのため彼の美しさはかえって一段と増していた。」（ジャン・ジュネ著『泥棒日記』新潮社刊）

つぶれてどす黒い爪が、「美しい」わけがあるだろうか。

ここに語られる「彼」は、ジュネがこのとき愛し抜いていた相手であるからこそ、なんでもかんでも「美しい」と見えたのではなかろうか、と考えることもできる。惚れ込んだ相手のことはなんでもよく見える。

しかし、この一節を読んだとき、私はあることを思い出した。

10年以上前、自動車整備士の男性と、ひょんなことで知り合いになった。彼の手はごつごつしてひびが入り、オイルや何かで真っ黒になっていた。私が手をじっと見ているのに気づくと、彼はさっと隠そうとした。「きたないでしょう」と苦笑いした。

でも、その手は「汚い手」には見えなかった。仕事をしている手だった。ある種の仕事をすると、いくら洗っても色が落ちなくなることはある。「仕事をしている手で、いい手だと思う」と私が言うと、彼は私を食事に誘ってくれた。その一言がうれしかった、とあとで言われた。彼とはそれっきりだったが、私には、あの手は「美しい手」だった。

たとえば、芸術的な才能のある写真家が彼の手を写真に収めたとしたら、それはきっと、誰の目にも美しい作品として映っただろう。一般に「汚れたもの」「みにくいもの」と思われているものが、「美しい」作品の中に写っていることは珍しくない。朽ちかけた家や古びた看板などが写った作品の中に、私たちは容易に、美しいノスタルジーや、尖った色彩などを見て取る。

「徒刑囚の服は薔薇色と白の縞になっている。」

「徒刑囚の服の布地は色彩以外の点でも、そのざらざらした感触によって、花弁にうっ

すらと毛の生えたある種の花々を連想させる。」（同前）

いわゆる「囚人服」のようなものさえ、ジュネの目にはそのように映る。薔薇は美しい。花は美しい。私たちはこうした表現を読んで、赤と白のしましまの、滑稽でさえあるものの中に、悲しみを帯びた美をイメージできる。

こうした美しさは、どこにあるのだろう。

私たちは、すべすべしたきめ細やかな肌とか、美しく咲いた盛りの薔薇とか、そうしたもの「自体」に美があると考えている。でも、実際「美しさ」は、私たちの頭の中の、イメージや言葉の中だけにあるものではないか。

あらためて「イメージ」されない美というのは、おそらく存在しないはずだ。

たとえば、すべすべしてきめ細やかで真っ白な手を、前述の自動車整備士の手と並べたとき、前者の手を「よわよわしい、なにも生み出さない、傲慢な手」と感じる人もいるだろうと思う。山に咲く可憐な野生のエーデルワイスと、ハウス栽培の薔薇の大輪を並べたとき、後者を「驕慢だ」と感じる見方もあるに違いない。前回の、ドストエフスキーが描いた初老の女性の姿にも、「もの」に所属しているかのような「美」

は、一切描かれていなかった。

「もの」そのものの中に、美があるわけではないのだ。

少なくとも、私たちはそういうふうには感じられないのだ。


「叙情的に生きなさい。世の中には、ロマンティシズムが少なすぎる」。

(THE PAGE「私の恩人」http://thepage.jp/detail/20131026-00000007-wordleaf)


これは、俳優の及川光博さんが、美輪明宏さんからかけられたという言葉だ。

二人がトークショーで初めて会うことになったとき、事前に及川さんが美輪さんに挨拶しようとしたところ、断られた。「互いに、舞台の上手と下手から登場して、舞台の中央で会いましょう。その方がロマンティックでしょう」。


「美」と、「ロマンティシズム」には、通じることがあるように思う。物事や出来事の中に美しさを見いだすには、胸の中に何らかの美意識がなければならない。ロマンティックや美しさをこの世に探し出して証明しようとする意志がなければならない。美は、私たちによって探し出されるまでは、どこにもないのだ。

これは「自分が美しくなるには、誰かに自分の美しさを見つけてもらうしかない」という意味ではない。むしろ、自分の中に美やロマンという真実がなければ、それはこの世に現れることさえない、ということだ。

たとえば、あるアクセサリーがあったとして、まずそれを自分で「美しい」と思わなければ、手に取ることも身につけることにもならない。

よって、それを誰が見ることもない。

美を見せたり、見られたりすること以前に、まず私たちの中に、美を見つける力が存在していて、それを起動する必要がある、ということなのではないか。

もしそうなら、自分が感じた美を、必ずしも相手がわかってくれるとは限らない。

であるならば、美は、孤独であるはずだ。

「美」に「客観」はあるか。

先日、ティアラのデザインを仕事にしている、紙谷太朗さんという方にお目にかかった。聞けば、この連載を読んで下さったという。結婚式に新婦が身につけるティアラを作る紙谷さんにとって、本稿のテーマである「美」は、とても重要なテーマであるらしい。

紙谷さんは、オーダーメイドでティアラを作っている。

といっても、顧客の「こういうのを作ってほしい」という要望通りに作るのではない。

新婦がどんな女性なのか、あるいは、結婚式においてどんなことを表現したいのか、そうしたことを詳しくヒアリングし、そのテーマに沿ったティアラを「クリエイト」するのである。彼の作るティアラは、新婦やそのカップルを「表現したもの」で、ある種の「結晶」のようなものなのだ。

ゆえに、紙谷さんは女性や人間の「美しさ」に注目する。

彼はそういう経験と問題意識の中で、「心を動かす」ものが「美」だと言った。

「すがたかたちの美しさも当然、人の心を動かします。美しいな、好きだな、というのも『情』です。でも、人の心が動くのって、それだけではないですよね。ある研究では、結婚して長い年月いっしょにいる夫婦は、いくら憎み合っていても、第三者が下すのと比べて、相手を高く評価する傾向があるんだそうです。それはつまり、そこに『情』があって、それで相手が美しく見えている、ということなんです」。

たとえば、ある女性がいるとする。

この女性を、長年連れ添った夫と、第三者である男性に、別々に評価してもらうと、必ず、長年連れ添った夫のほうが「好評価」を下す、というのだ。

たとえ夫婦がもう、（自覚的には）愛し合っていなかったとしても、だ。

私たちは、見知らぬ他人に「美しい」と思われたいと願っている。

だが、愛する人や親しい人から「美しい」と思われたい気持ちは、もっと強いだろう。

紙谷さんの話によれば、慣れ親しみ、ひとたび「情」を動かされた相手の顔は、他人が見るよりも、さらに美しく見えている、ものらしい。

もしそれが本当なら、「美しさ」は、客観的なものとは言えない。


たとえば、一人の女優さんを熱愛するファンが大勢いる一方で、毛嫌いしている一派が存在する。彼女を愛する人も、嫌っている人も、「自分は客観的に評価している」と感じている。あるいは「自分は単なる主観で彼女を好きなのだ」と自覚していたとしても、その主観には「ある程度以上に、普遍性がある」と考えていることが多いように思う。

私たちが自分の容姿に「自信が持てない」と感じるとき、「自分は客観的に自分の美醜を判断している」と信じている。「誰が見ても自分を美人だなどとは言わないだろう」と信じている。

しかしそれは間違っている。
なぜなら、現実には、「誰が見てもこのように見える」という顔は、ないからだ。
美醜に、「客観」は、ないのだ。

「部分」としての美、「動き」としての美。

ふと思いついて、私は紙谷さんに、こんなことを聞いてみた。

「もし、非の打ちどころのないような、内面も外面も完全に美しい人がいたら、紙谷さんは、ティアラを作りたいと思いますか？」

紙谷さんは、これに、即答した。

「作らないですね、だって、要らないですよね」。

「美しさ」は、おそらく、「部分」なのだ。私たちのほんの一部分が、美しい。

「完全に美しいもの」を想像すると、なぜかそれは蠟人形のようにとりつくしまもない、働きかけがたいイメージが浮かぶ。私たちとは一切なんの関係もないような、生命を拒否するようなイメージが湧いてくる。

たとえば、私はこんなシーンを思い出した。

「白い装いをし、アンがまわりに入れた優美な花の中にうずもれて横たわったルビーの美しさは、何年もの後まで、人々の記憶にのこり、アヴォンリーの語り草とされた。ルビーはもとから美しかったが、その美は地上的であり、俗っぽかった。（中略）しかし、死がそれに触れ、清め、優雅な肉づきとこれまで見られなかった清純な輪郭を残した——人生と愛と大きな悲哀と女の深い喜びがルビーの上に与えたかもしれぬ変貌を死が果したのである。」（モンゴメリ著『アンの愛情』新潮社刊）

つまり、屍体の美である。「ロミオとジュリエット」の恋と死が完全な美しさをもって感じられるように、一点の曇りもない美しさの中には、死がある。あるいは、何かが失われていく予感がある。生きる者を寄せつけない遮断がある。

かつて「アイドルはトイレに行かない」というようなジョークとも本気とも取れぬ話があったが、完全な美というイメージは、人の排泄とか、食欲とか、そうした当たり前の生命活動まで、ナイロンの上をすべる水滴のようにはね飛ばしてしまう。

食べるという行為は不思議だ。口に入れるための食物は、皿の上にあるとき、限りなく清潔である。誰でもがそれを口にできる。しかし、たった一瞬でも誰かの口に入った瞬間、それを他の人間の口に入れ直すことは、ほとんど不可能になる。その人以外の人間にとっては、「穢れたもの」となってしまう。

この危険な行為を「美しくする」ために、幾多の「マナー」が考案された。マナーは、私たちの生理的な活動である唾液の分泌や咀嚼、口元の汚れといったできごとを、徹底的に「隠す」。生きることの生々しさを隠し、切り離したとき、私たちはそこに「美しいマナー」を感じ、安心できるわけだ。

幼い子供にはよだれかけが必要なように、放っておけば私たちは、生き物としての活動のほうに、自然に流れていく。これを否定し遮断し、隠し通そうというのが、「美」なのか。

であるならば、生きている「美」は、必ず、その人のごく一部分にとどまらざるを得ない。美は、部分なのだ。

ともすれば流され、だらけていこうとする自分の中に、必死にルールを作り、自分と戦い、内なる「美」を生きようとするとき、私たちは少しだけ美しくなる。

その「少しだけ美しい部分」を通して、他者が私たちを見る。

場合によっては、そうした「美しい部分」は見過ごされ、私たちは孤独に、自分だけの美を生きることもある。

誰にも理解されなくても、受け入れられなくても、自分は自分のいのちの流れに負けぬよう、増大するエントロピーに逆らって必死に何かを純化させ続ける。その孤独な、ごく部分的な営為が、美の活動ということなのではないだろうか。


たぶん、美は一つの運動なのだ。

もし、美がすべてを完全に覆い尽くしてしまったら、運動は止まる。もはや運動しなくなったものは、死んでしまう。そこで幻のように、美もいのちを失う。

段差があるから、水が流れる。私たちはその水の流れを「いきいきとして美しい」と感じる。段差がなくなると、水は流れを止める。流れなくなった水はよどみ、もはや美しいとは感じられなくなる。

紙谷さんは、人が持つ美しさがもし、見える形になれば「その人の自信になると思うんです」という。

自信とはなんだろう。

私たちは日々、何かに飲み込まれまいとして必死に戦っている。戦いの相手は様々だ。自分を押さえつけようとするもの、否定するものとの戦い。怠惰や貪欲など、自分自身との戦い。災害や不幸、病や死と戦っている人もいるだろう。自信とは、そうした戦いに勝てないまでも負けずにいられる、という自負を言うのではないか。

であるならば、「人の持つ美しさ」がもし、可視化されたとき「自信になる」というのは、頷ける。

自分で自分の姿を、肉眼で見ることはできない。

鏡や映像のような、ゆがんだ形で見ることはできても、私たちが他人に生で接するような形では一生、自分に接することができない。

自分の内なる美しさのようなものも、たぶん、それと同じで、一生目にすることはできないのだろう。もしそれが「部分」であり、「動き」であるならば、なおさらだ。

紙谷さんはそれを敢えて形にして「見せる」ことがしたいのかもしれない。

人間は、巨大な望遠鏡を宇宙まで飛ばして世界の果てを見ようとしたり、決して肉眼で捉えることのできない細胞や原子を見ようとしたりする。見えないものを見ようとする、という私たち生来の激しい衝動もまた、「美」の一つだと言えるような気がする。

子供が大きく瞳を見開いて、一心に星や虫を追いかけている様は、美しいとしか言いようがない。

「悲壮な者」のめざすところ

「ミスコイン」というものがある。

貨幣は本来、すべて完全に同じ形で作られなければならず、厳密なチェックを受けて市場に流れるが、その中にもわずかに、形の崩れた不良品が紛れ込むことがあるのだ。たとえば、穴がズレた五十円玉とか、片面に印刷がないお札などが、非常にレアな確率でまじっている。

こうした貨幣を文字通り「奇貨」として愛好する人々がいる。その世界では、穴のわずかにずれた五十円が、何万円という価格で売買される。本来「間違い」であり「不具合」なのだが、なぜか「価値」が発生するのだ。

これは、どういうことだろう。

「美」について考えているとき、このミスコインの「価値」のことが思い浮かんだ。

美しさとは、たとえばミスコインのような、ある種の孤独な異常性なのではないだろうか。


ミスのないコインは「みんな同じ」である。

「みんなと同じ」であれば、安心安全である。そこには安らぎや親しみやすさ、あたたかさがある。「美しさ」と並べて語られる「かわいらしさ」は、「みんなと同じ」にも通じるところがある。おそろいがかわいい。三つ子ちゃんがかわいい。「かわいいこたち」は、匿名の集団としてイメージできる。

一方「美しい人々」と言うときは、それぞれがバラバラに立っているように感じられる。全員が手をつないで似たような様子をしていることはありえない。

これはもちろん、私の個人的なイメージだ。でも、少なくとも「美」が、ある際立った価値のことを意味するならば、それは「みんなといっしょ」ではいられない。どこかちがっていなければならない。

ゆえに、「美人」は近寄りがたく、「かわいい人」は親しみやすい。

「美人」は、その人にしかない何かを持っている。ゆえに、それを見る人々に「自分とはちがう」という気持ちを起こさせる。憧れや羨望は湧いてくるが、なじむような和むような感じからは遠い。

「かわいい人」は、ある種の均質さと結びついている。美しい女優がちらりと失敗する姿を見せたとき「あの人も案外、かわいらしいところがあるのだ」「普通の女性なんだ」などと思われるのは、そういうことだろう。汎用品を愛用していたり、庶民的な趣味を持っていたりするのは「均質さ」に近づくことで、そこに親しみやすさが生まれる。

「みんなとちがう」ものを選び取るには、勇気が要る。

私たちは社会的な動物だから、集団に所属しなければ生きていけないのだ。均質で、目立たない存在で、集団に溶け込んでいるほうが安全だ。「美人」はうらやましがられるが、実際、妬まれたり排除されたりして、辛酸をなめている場合も非常に多い。「みんなとちがう」ものを選んだとき、それを周囲が「美しい」と認めてくれるとは限らない。突飛だとか、風変わりだとか、変人だとか、滑稽だと思われることすらある。みんなと違うものを選ぼうとするなら、そのリスクを負わなければならない。

さらに言えば、「みんなとちがう」ものを選ぶのは、難しい。

みんなと同じものを選ぶならば、周囲を見ればすぐ、何を選ぶべきかわかる。しかし、人とは違ったものを選ぼうとすると、その基準を自分の内側に見いださなければならないからだ。自分の内なる感受性が「美しい」「価値ある」と認めたものを選ぶしかない。

美を感じ取る感受性は、それこそ、美術品の真贋を見極める目と同様に、自らの経験を通して学び育てるしかない。


目を鍛えること。勇気。集団から離れる孤独。

これらは、「美」という言葉が持っているイメージからは、かなり遠くにあるようにも思われる。意志を持ち、自立していて、勇ましくあることは、美の本質というよりは、美を生み出す上での前提条件のようなものだろう。


「力が慈《いつく》しみとかわり、可視の世界に降りてくるとき、そのような下降をわたしは美と呼ぶ。」（ニーチェ著『ツァラトゥストラはこう言った（上）』岩波書店刊）

この一文は「悲壮な者たち」という節の中にある。「悲壮な者」とは、「精神の苦行僧」だ。息を詰めるかのように胸を張り、野獣と闘争してきた彼は、まだ「美を学んでいなかった」。

私が書いてきた、孤独に耐え、自らを信じて感受性を磨き、ひととちがうものを選び取れる心とは、どこかこの「悲壮な者」に通じるところがある。

「そうだ、悲壮な者よ、いつかはあなたも美しくならなければならない。」（同前）

自分が自分であること

「ハマのメリーさん」と呼ばれた人がいる。

既に故人だが、私はこの女性をある写真集で知った。荒木経惟氏の『恋する老人たち』だ。しどけなくベッドに横たわってパイプをくゆらせる、濃い化粧をした老女の姿がモノクロームで写し出されていた。

彼女がどういう人物なのか知らなかったのだが、最近になって彼女に関する映画作品があることを知った。タイトルは『ヨコハマメリー』。すぐにあの「メリーさん」が思い当たった。横浜でメリーさんと接していた人々へのインタビューを軸に構成された、ノンフィクションだった。

「横浜メリー」「ハマのメリーさん」と呼ばれたその女性は、日本人である。

戦後、横浜の街には米兵相手の街娼がたくさんいた。メリーさんもその一人であった。彼女の語るところによれば、若い頃あるアメリカ人将校と激しい恋に落ちた。彼女はその恋にすべてを賭けて、老女となった今も彼を待ちながら横浜で街娼を続けている、というのだった。街娼時代、仲間の娼婦たちからは「お高くとまっている」「つんとしている」と言われた。いつも一人で行動し、娼婦たちの賑やかなお喋りに加わることはなかった。

1995年くらいまで、彼女はクラシックな真っ白いドレスに身を包み、丁寧に化粧を施して、横浜の街角にあくまで街娼として立ち続けた。誰が見ても、歴《れっき》とした「老女」である。ゆえに、お客がつくことはほとんどない。時折、昔なじみが幾ばくかのお金を手渡していたようだった。

その暮らしは、最後のほうはほぼホームレスに近かった。荷物をクリーニング屋さんに預け、決まった美容院に出入りし、昼間から夜、横浜の街を徘徊する日々。真っ白に着飾った老女がうろうろと街中を歩き回る姿は異様で、彼女は有名人だった。じろじろ見られたり、嗤《わら》われたり、店やビルからつまみ出されることも珍しくなかった。

しかし彼女は超然として、自分が自分であることを決してやめなかった。

印象的だったのは、ある化粧品店のスタッフの証言だ。

メリーさんはしばしばその化粧品店にいりびたり、何を買うでもなくしきりに、輸入化粧品や香水の美しい瓶に魅入っていた。色とりどりのガラス瓶に見とれては、きれいねえ、きれいねえ、と呟いていたという。美しい化粧品の瓶に幻影を見る、空想力と美意識が、彼女の頭の中には常に躍動していたのではないか。美しい恋、美しいドレス、美しいドラマ。彼女は誰にも見えない自分だけの美の世界を、かたくなに生き続けていたのではないか。

滑稽にも哀れにも思える彼女の生き方が、その足跡を辿るうち、だんだん違ったものに見えてくる。人は、そんなにもかたくなに「自分自身でいる」ことが、できるものなのだろうか。他人がどう思おうと、彼女は自分の美と愛に忠実に生きたのだ。映画が進むにつれて、玉葱の皮を剝いていくように、透き通るように純粋な「美しい」生き方が姿を現す。

ある救急隊員の手記として、こんな記事を読んだことがある。

119番の要請に応じて夜中、ある家に駆けつけた。倒れたのは70代になる女性で、意識を失いかけている状態だった。担架に乗せると、彼女はほぼ意識のない状態のまま、着ていた寝間着の裾を直そうとした。

救急隊員の青年はその仕草に、痛烈な「女性」を感じて、衝撃を受けた、と語った。その衝撃には、尊敬のような、畏怖のような、「頭の下がる思い」が含まれていたようだった。

実は、本稿は、「美とは○○である」というふうに、警句的な一文で締めたいと思っていた。しかし書き進めるうちに、この二つのエピソードが常に私の頭に、「美」のベース音のようにしてこびりついているのに気がついた。

美しくあるためには、何が美しいのかということをまず、知らなければならないのだろうと思う。でも、万人に共通の、教科書のような美というものはない。

かつて中国で小さな足が美しいという観念が広まり「纏足《てんそく》」が流行したと歴史で習った。しかし最近まで、私は「纏足」が実際にどんなものなのか、全く知らなかった。

「纏足」とは、幼女の足指を折ってしまい（！）、きつく布で巻き締める、という風習だったのだ。インターネットで検索すると、画像が出てくるので、ご興味の向きは是非、参照されたい（かなりショッキングなものなので、ご注意を）。

私たちが心のどこかで望んでいる美というのは、そんなものではないはずだ。ならば、何を美とするのか。

美しくなれる薬があり、美しくなれる化粧品があり、美しくなれる服がある。少なくとも、そう考えられている。しかし、その中のどれを選べば良いのか、ということへの答えは、どこにもない。

たぶん、その答えを「自分以外の誰か」に求めているうちは、なかなか、「美」には近づけないのかもしれない、と私は思っている。

愛について
——あとがきにかえて

２０１１年３月の東日本大震災により、多くの命が失われ、その何倍もの人が、自分の大切な人を喪《うしな》いました。「大切な人」の最たるものは、親や子供、兄弟姉妹、パートナー、そして恋人でしょう。さらに、友達や親戚、学校や会社でのつながり、元のパートナーなど、様々な関係があったはずです。

皆様の中にも、大きな悲しみを味わわれた方がたくさんいらっしゃると思います。その辛さは、想像を絶します。

仏教には「愛別離苦」という言葉があります。誰かを深く愛すれば、それを失ったときに、耐えがたい苦しみを味わいます。愛さなければ苦しむこともないわけですが、人はそんな苦しみを引き受けてでも、愛によって結びつこうとします。愛することは、ほんとうに、勇気が要ることなのです。

でも、愛によってこそ、人は「生きている」という実感を得ます。親子関係も、親戚関係も、兄弟姉妹も、スタート地点にはいつも「恋愛」があります。二人の人間が恋をして、そこから、人が生まれ育ち、家族となり、親族となっていきます。「大切な人」のコアとも言える関係が、まさに、恋愛関係なのではないでしょうか。

恋をしてそれを成就させるには、どうすればいいだろう？　そう自問して、努力し始める人がいます。

たとえば、勉強や仕事なら、がんばって自分の実力を強化していけば、成功できます。もっと強くなりたい、もっと高みにのぼりたい、という前向きな努力によって、夢を実現できます。

恋愛もそれと同じなのだ、と考え、彼らは「努力」を始めます。

髪型を変えたり、ダイエットしたり、コスメ、ファッションなどに気を配り、美しくなろうとします。知性を高めるために読書や勉強、旅行などに積極的に取り組んで、自分を魅力的に輝かそうと努力します。

がんばってキャリアアップすることも、イイ恋愛に近づく方法だ、と考える人もいます。さらに、努力して「出会い」を得ようとします。「婚活」という言葉の中には、こうした一連の「積極的努力」が含まれています。

確かに、キレイであることや、魅力的であることは、恋の「きっかけ」や「てがかり」にはなるだろうと思います。

ですが、そこにはちょっとした誤解がある、と私は考えています。

人は、その強さや輝かしさによって愛されるのではありません。

愛情は、相手の弱さや欠点に対して発生する不思議な力です。

最初のきっかけは相手の魅力であっても、さらに相手の「内側」にぐっと入り込みたくなるのは、相手の欠点や弱さに触れたときなのです。

自分の弱さや無力が相手の目に映ったとき、そこで相手が愛を感じてくれなければ、自分は捨てられて、深く傷つくしかありません。

愛を得ようとするとき、人は全く守られないのです。

恋愛では必ず「失敗するリスク」を背負わなければなりません。そして、ビジネスと違い、決して、リスク分散もリスク回避もできません。

実は、婚活に向かって一心に努力する人と、恋愛を諦めたり遠ざけたりしている人とは、同じ根っこを持っていることが多いのです。つまり、「本当に恋愛したときに負わなければならないリスクを、回避する」ということです。これは、ムリもないのです。恋をして受け入れられないとき、恋を失ったとき、人は誰でも、恐ろしいほどの苦しみを味わいます。それを「避けたい」と思ってしまう気持ちを、誰も責められません。

でも、真の恋愛をする人は、失敗して傷つくかもしれないリスクを負います。リスクを負い、成功できずに失敗する人ももちろん、います。

でもそれが真のリスクテイクであった場合は決して、後悔にはつながりません。

経済力に恵まれた、自分を飾ってくれそうな条件の男性を探す恋。

努力を重ねて自分への評価を高め、商品のように選ばれて始まる恋。

そういう恋は、瞬間的な達成感を生むことはあっても、長く続く充足の愛を生むことは、ほとんどありません。

そうした恋は、たとえば、震災のような、人の弱さや醜さがむきだしにならざるを得ないようなシチュエーションにおいて、脆《もろ》くも崩れ去る、砂上楼閣です。

私たちが本当に欲しいのは、そういう場でこそ力をくれる愛であるはずです。

そういう愛にたどり着くために最終的に大切なのは、見た目の輝かしさや強さよりも、貴方の中にある、痛みや悲しみ、弱さ、脆さのほうなのです。


私たちの多くは、日常、それを隠そうとしています。

でも、本当は、内なる孤独感や涙、不安、痛み、欠点こそが、私たちの恋愛の出発点なのです。私たち自身がそれを引き受け、そこからスタートするとき、初めて、愛に近づくことができます。

もちろん、これは、相手に依存するということとは全く違います。「大人の恋」は、大地に深く根を張って何十年も生き延びて、その枝の下にいろいろなものを守るような、たくましくゆたかな恋です。その世界に踏み入っていくために必要なのは、「失敗を避けて自分を徹底的に守るための賢い作戦」ではなく、もっと純粋無垢な、純真な、弱さの上にしか立ち上がらない人間的「勇気」なのだと思います。
それは、すべての人の心の中に、ちゃんとあるのです。

『FRaU』2011年6月号　30歳からの恋の教科書　序章　特別寄稿「大人の恋のはじまり」より

《初出》

『FRaU』（講談社）
2011年6月号～2012年12月号

Webサイト『FR@U』

『marcel』（新美容出版）
2012年1月号～2012年12月号

Webサイト『THREE TREE JOURNAL』（ACRO）
2014年3月、5月、7月、9月、11月、2015年1月

specialthanx

FRaU編集部の皆様

奥麻里奈さん

THREE TREE JOURNAL様

stillwaterの皆様

紙谷太朗さん

山口達己さん

幻冬舎コミックス齋藤さん

他、本当にありがとうございました！

「美人」の条件

2016年2月29日　第1刷発行

著者　石井《いしい》ゆかり
発行人　石原正康
発行元　株式会社 幻冬舎コミックス
〒151-0051 東京都渋谷区千駄ヶ谷4-9-7
電話 03-5411-6431（編集）
発売元　株式会社 幻冬舎
〒151-0051 東京都渋谷区千駄ヶ谷4-9-7
電話 03-5411-6222（営業）
振替 00120-8-767643
印刷・製本所　株式会社 光邦

検印廃止

ISBN978-4-344-83650-1 C0076　Printed in Japan

幻冬舎コミックスホームページ
http://www.gentosha-comics.net